몸의 소리들

몸의 소리들
© 허택

1판 1쇄 발행 2014년 10월 5일
1판 2쇄 발행 2014년 11월 28일

지은이 허택
펴낸이 정홍수
편집 김현숙 박지아
펴낸곳 (주)도서출판 강
출판등록 2000년 8월 9일(제2000-185호)

주소 서울시 마포구 서교동 460-45(우 121-842)
전화 02-325-9566
팩시밀리 02-325-8486
전자우편 gangpub@hanmail.net

값 13,000원
ISBN 978-89-8218-195-5   03810

이 도서의 국립중앙도서관 출판시도서목록(CIP)은 e−CIP 홈페이지(http://seoji.nl.go.kr)와
국가자료공동목록시스템(http://www.nl.go.kr/kolisnet)에서 이용하실 수 있습니다.
(CIP 제어번호: CIP2014026918)

몸의 소리들

허택 소설집

차례

까치발구두를 신은 할머니 _ 7

몸의 소리들 _ 35

올가미 _ 63

자살 유희 _ 89

텅 빈 입안 _ 117

퍼플 카드 _ 145

하루의 법칙 _ 169

화씨 97.7도 _ 197

작품 해설 어른의 눈, 젊은 정신 정호웅 문학평론가 _ 225

작가의 말 _ 242

수록 작품 발표 지면 _ 244

까치발구두를 신은 할머니

1

 랄랄라 까르르, 랄랄라 까르르……

 언제나 흥얼거리는 노래 한 음절 뒤에 후렴처럼 웃음이 따라다닌다. 오늘 노래는 「파워 오브 러브(Power Of Love)」인 듯하다. 틀니 사이로 새어나오는 멜로디가 아리송하다. 할머니는 항상 올드팝을 흥얼거린다. 오늘따라 노래가 더욱 흥겹다. 안방 깊숙이 노을이 물들고 있을 거야. 초가을 화창한 날씨거든. 새털구름이 떠 있어. 내가 일찍 퇴근한 금요일이니까. 할머니는 매우 기분 좋을 거야. 화장대 거울 속에 노을이 짙게 깔려 있겠지. 앙상한 손길로 노을이 물든 거울을 보며 마스카라를 바르고 있을 거야. 불에 살짝 그을린 면봉으로 속눈썹 아랫부분에 대고 머리를 빗듯 위아래로 부드럽게 쓸어주면서. 그러면 마스카라가 진하게 눈썹에 퍼질 테니까. 노래와 웃음이 점점 흥겨워진다. 마스카라가 만족스럽게 칠해진 듯하다. 할머니 눈가에 웃음이 철철 넘치고 있을 거야. 며칠간 기다렸던 금요일 밤 휴식이 시끄럽게 느껴진다. 지영은 방문을 다시 힘껏 닫는다. 이미 블라인드를 빽빽하게 내리고 회색 커튼을 쳤다. 지영의 방에는 노을이 스며들 수 없다. 문틈 사이로 할머니의 노래와 웃음이 질기게 스며든다.

온 집 안이 할머니의 노래와 웃음으로 넘실거린다. 그녀는 읽고 있던 석간신문을 내던지고 침대에 엎드려 귀를 막는다. 소용없다. 립스틱을 바를 때까지 계속 들릴 것이다. 그녀에게는 소음일 뿐이다. 할머니의 기분은 퍼즐게임 하듯 아리송하다. 잠시 잠잠해진다. 노을보다 더 빨갛게 립스틱을 바르고 있을 거야.

오랫동안, 그녀가 기억할 수 있는 한 아주 오랫동안 할머니는 빨강 랑콤 립스틱만 발라왔다. 빨강 립스틱이 내 입술 선을 가장 예쁘게 만들어주지. 그래야 새까만 밤에도 남자들 눈에 띌 거니까. 할머니는 어린애마냥 입술을 쑥 내밀곤 한다. 다시 흥얼거리는 노래가 들린다. 여자는 항상 몸매를 살려야 해. 까치발구두를 신을 때에는 발렌티노 원피스가 몸매를 잘

살려주지. 무덤덤한 그녀에게 할머니는 언제나 잔소리처럼 말한다. 전신 거울 앞에서 할머니는 발렌티노 보라색 원피스를 입고 더욱 크게 까르르 웃을 거야. 할머니는 곧 신발장 문을 열 것이다. 아리송한 노랫소리만 더욱 시끄러울 뿐이다. 할머니 얼굴에 함박웃음이 퍼지며 떨리는 손으로 신발장 가운데 칸에 놓여 있는 까치발구두를 꺼낼 것이다. 이때 웃음소리가 가장 높게 올라가지. 그러면 그녀는 귀를 더욱 세게 막든지, 컴퓨터 볼륨을 높이든지 한다. 이미 습관화된 할머니의 외출 준비를 두고 짜증만 내고 있을 수 없다. 노을이 방 안에 스며들지 않는 것만으로 짜증을 삭힐 수 있다. 새빨간 10센티미터 까치발구두. 신발장 가운데 칸에 도도하게 까치발구두만 놓여 있다.

지영은 어릴 적부터 빨간 까치발구두를 봐왔다. 신발장만 열면 그 구두는 가보처럼 놓여 있었다. 그녀는 까치발구두를 싫어했다. 할머니가 왜 이 구두를 좋아하는지 의아했다. 고등학교 때 무심코 빨간 까치발구두를 아래 칸에 다른 구두들과 섞어둔 적이 있었다. 할머니는 노발대발 처음으로 그녀를 야단쳤다. 그런 구두를 신고 다니는 할머니를 도무지 이해할 수 없었다. 왜 신고 다닐까? 얼마나 다리가 아플까? 신고 다니기 힘들 텐데…… 그녀는 언제나 편하게 단화를 신고 다녔다. 할머니는 까치발구두가 나보다 그렇게 더 중요해? 그녀도 대꾸했었다. 언제나 할머니는 떨리는 마음으로 까치발구두를 황홀하게 바라본다. 마치 성체를 만지듯이 경건하게 까치발 구두를 손에 쥔다. 전신 거울 앞에 서서 조심스레 오른발부터 올라선 후 왼발에 올라선다. 구두에 올라선 채 거울 속 뒷모습을 쳐다본다. 거울 속에 우뚝 선 할머니의 모습을 찬찬히 살펴본다. 이 새빨간 마놀로 블라닉 킬힐이 나를 얼마나 흥분시키는지 아니? 언제나 할머니는 흥분된 마음을 주체하지 못한 채 꿈꾸듯 속삭였다. 우뚝 서 있는 거울 속 자신에게 빠져 거울 앞을 떠나지 못한다. 노란 장미 코사지가 달린 챙 넓은 검은 모자를 쓰고서 함박웃음을 거울 속에서 여러 번 지어본다. 벽장에서 보라색 구찌 핸드백을 꺼내 든다. 외출 준비가 끝났다. 잠시 후 또박또박 걷는 소리가 그녀의 방문 앞에 다다른다. 애야! 나는 외출한다. 식탁 위에 차려놓은 저녁밥은 혼자 먹으렴! 문은 내가 잠글 테니 걱정 마! 틀니 사이로 모처럼 또렷한 목소리가 새어나온다. 그리고 할머니는 노을이 남긴 싱싱한 밤 속으로 빨려 들어간다.

2

또박또박. 까치발구두 굽 소리가 유난히 밤공기를 깨운다.

경비 아저씨부터 놀란 눈으로 구두굽 소리 따라 눈길을 돌린다. 기분 좋은 금요일 밤이에요. 또 빨간 구두 신고 외출하시네요. 경비 아저씨의 웃음이 번질거린다. 노란 장미 코사지 달린 모자를 밤바람에 나풀거리며 할머니가 간드러지게 웃는다. 정말 오늘 저녁노을은 매우 예뻤어요. 기분 좋은 외출이 될 것 같아요. 할머니는 싱싱하게 밤 속으로 빨려 들어간다. 도도하게 허리를 꼿꼿이 세우고, 엉덩이를 살랑살랑 흔들며 콧노래를 부르면서. 빨간 구두는 홍등처럼 어둠을 헤쳐나간다. 지나가는 남자들 눈길을 흥분시킨다. 아파트 입구 포장마차 아줌마가 빙그레 웃으며 한마디 던진다. 이 아파트 남자들 설레게 하지 마세요. 걸음걸음 구두굽은 땅을 또박또박 찍는다. 구두굽 소리 따라 밤은 서서히 새롭게 태어난다. 구두굽은 걸음걸음 흙 속으로 할머니 냄새를 남긴다. 할머니는 깔깔 웃으며 말한다. 나는 향수가 필요 없어. 이 구두에 올라서서 걸으면 내 몸에서 페로몬 냄새가 풍기는 거야. 걸을 때마다 보라색 옷맵시가 S자 라인을 만들며 살랑거린다. 슈퍼마켓 아저씨가 창 너머로 할머니를 게걸스럽게 쳐다본다. 침을 꿀꺽 삼키면서. 10센티미터 구두굽은 날씬하다. 하지만 가슴이 조마조마할 정도로 가냘프고 위태롭게 보인다. 그래도 할머니는 언제나 구두굽 위에 당당히 올라서서 간드러지게 걸어간다. 밤바람을 헤치며, 도도하게 어둠 속으로 걸어간다. 까치발구두는 첫 달거리보다 더 선명하다. 할머니는 걸음마다 첫 달거리 같은 흔적을 밤길에 남긴다. 언제나 첫 달거리로 새롭게 태어나는 여자처럼 할머니 걸음걸이는 당당하다.

공원 삼거리 노천카페에서 할머니는 더치커피를 마신다. 입안을 상쾌하게 만들어야 해. 그래야 외출이 즐거워지는 거야. 한 방울 한 방울 떨어지는 더치커피를 만들며, 40대 새신 랑인 카페 주인이 활짝 웃는다. 오늘도 경쾌한 추억의 팝이 달빛에 녹아들고 있다. 오늘따라 더욱 요염해 보이세요. 오늘은 K대학가 쪽으로 가보세요. 그쪽에 노총각들이 너절하게 뒹굴고 있을 테니까요. 카페 주인은 짐짓 중요한 정보라도 알려준다는 듯이 말한다. 오늘은 안 돼. 손녀를 위해 특별히 외출했거든. 할머니는 의자에 비스듬히 앉는다. 아, 중학교 국어 선생이라는 그 손녀 말인가요? 날이 갈수록 커피 맛이 깊어지네. 총각 때는 밍밍해서 커피가 불쌍하게 여겨지더니만. 첫 딸애 낳고 나서부터 은근히 감칠맛도 나는 게, 커피 맛이 그리워지거든. 할머니는 비스듬히 앉은 채 다리를 비비 꼰다. 할머니 까치발구두 덕분 아닌가요? 노총각 신세도 면하고, 예쁜 딸도 낳고. 할머니는 달빛에 녹아드는 추억의 팝송 따라 오른쪽 빨간 구두를 살랑거린다.

할머니는 달빛 속으로 두 다리를 쭉 뻗는다. 맵시 좋은 종아리 따라 달빛이 미끄러진다. 얼마나 아름다운 다리야. 두

다리를 위아래로 끄덕인다. 종아리가 아직도 날씬하다. 할머니가 의자에서 일어나 팝송 멜로디에 맞춰 탭댄스 추듯 가볍게 나풀거린다. 나와 함께 춤출까? 카페 주인이 할머니 손을 잡고 달빛 속에서 춤을 춘다. 은은한 할머니 향기 때문에 기분 좋네요. 이 구두를 신고 걸을 때만 향긋한 냄새가 난단다. 이 향기 때문에 아내를 얻게 됐죠. 카페 주인이 할머니 가슴쪽으로 코를 들이대며 킁킁거린다. 자네를 위해서라도 아내에게 까치발구두를 신겨야 해. 아기 엄마가 산후 조리를 잘한 후에 구두 신는 연습을 시켜. 처음에는 5센티미터 굽부터 신고서 걸음마 배우듯 시작해야 돼. 내 몸매를 봐. 그리고 향기가 나잖아. 열심히 연습해서 차츰차츰 1센티미터씩 높여가는 거야. 까치발구두를 신을 수 있을 때까지. 페로몬 냄새가 할머니 웃음 따라 퍼진다.

3

　할머니가 외출했다. 그리고 엄마에게서 전화가 왔다. 모처럼의 금요일 밤 휴식이 산산이 부서진다. 홀가분하던 어깨가 갑자기 축 처진다. 오늘 지미추 하이힐을 택배로 보냈다. 날씬하게 보일 거야. 엄마는 또 쓸데없는 짓을 저질렀다. 신발장에 한 번도 신지 않은 까치발구두가 벌써 몇 켤레나 뒹굴고 있다. 엄마와 할머니가 선물한 것들이다. 여러 가지 모양과 색깔의 예쁜 까치발구두들이다. 하지만 예쁜 구두도 쓰레기처럼 보일 뿐, 한 번도 신어보고 싶다는 생각이 들지 않았다. 왜 쓸데없는 짓을 했어? 짜증이 저절로 입안에서 튀어나온다. 할머니는 잘 지내시니? 외출했어. 안쓰러우면 저절로 나오는 엄마의 혀 차는 소리가 전화 속에서 울린다. 또 너 때문에 외출했냐? 힘든 고생을 한평생 되풀이하는구나.

아버지는 그녀가 유치원 다닐 때 교통사고로 가족 곁을 떠났다. 기억 속에는 방긋방긋 웃으며 목마를 태워주던 아버지 모습만 남아 있었다. 아버지를 떠나보낸 후, 매일 그녀를 유치원에 데려다 주고 데리러 오던 엄마가 그녀를 등한시했다. 서른 갓 넘은 엄마에게 아버지의 죽음은 치유될 수 없는 상처였다. 눈두덩이 퉁퉁 부은 채 아파트 안에서만 겨우 움직였다. 그녀는 할머니 손에 이끌려 유치원을 다녔다. 그녀가 초등학교에 입학한 후 할머니가 엄마에게 하이힐을 사줬다. 에미야, 네 나이 이제 갓 서른을 넘겼다. 다행히 딸린 애가 하나뿐이니, 내가 손녀를 키우마. 넌 이제부터 하이힐을 신고 다니렴. 어느 누가 손가락질해도 넌 이 구두를 꿋꿋하게 신고 다녀야 해. 엄마는 매우 당혹해했고, 한사코 하이힐 신기를 거부했다.

하지만 엄마에게 하이힐을 신기려는 할머니의 고집도 대단했다. 이 시에미 말은 말도 아니냐? 이것은 시에미로서의 엄명이다. 할머니는 매우 엄하게 꾸짖었다. 시어머니 속내를 눈치챈 엄마는 더욱 완강하게 거부했다. 어머님, 저는 그럴 수 없습니다. 이 애만 예쁘게 키우며 살아갈게요. 이 집에서 두 번씩이나 송장 내보내고 싶지 않다. 네 꼬락서니를 봐라. 그게 어디 사람 꼴이냐? 할머니는 화까지 내면서 엄마가 견디기 힘들 정도로 시어머니 행세를 했다. 에미야, 나는 멀쩡하겠냐? 너처럼 속이 새까맣게 타들어가지. 너무 애통하단다. 마음속으로 눈물만 흘리고 있었단다. 그런데 허무 끝에서 저 빨간 구두를 봤지. 그때 다시 빨간 구두를 신어야겠다는 소망이 생긴 거야. 그 소망은 죽은 아들놈 같은 착한 애들이 이 세상에 많이 태어나야 한다는 거야. 엄마는 흐느끼면서 까치발 구두를 억지로 건네받았다. 그때부터 그녀는 할머니 곁에만 있어야 했다. 그리고 엄마는 할머니가 사준 하이힐을 신고 외출하기 시작했다. 처음에 엄마는 뒤뚱거리며 신기 힘들어했다. 할머니는 다정하게 하이힐 신는 법을 가르쳐줬다. 자, 까치발 구두를 신는다 생각하지 말고 올라선다고 생각해. 여자로서 당당하게 말이야! 구두 위에 올라서면 몸의 중심이 앞으로 쏠릴 거야. 그러면 몸의 중심이 앞으로 쏠리는 걸 막기 위해 자연스럽게 상체가 뒤로 젖혀지지. 또 어깨도 펴야 하고 목도 꼿꼿하게 세우게 된단다. 무게중심이 쏠린 허벅지는 도드라지게 앞으로 나오고 배는 들어가지. 그러면서 가슴은 크고 얼굴은 작아 보이게 하는 착시 효과도 나타나는 거야. 하루하루 까치발구두를 신는 엄마의 모습은 달라졌다. 까치발구두를 신으면 발뒤꿈치가 들리면서 엉덩이가 보름달처럼 환하게 올라갔다. 스커트의 허리선이 엉덩이께로 내려오면서 엄마는 짧은 스커트를 즐겨 입기 시작했다. 가슴도 그녀가 아기 때 느꼈던 것보다 더욱 풍성해 보였다. 구두를 신으면서 엄마는 변신했다. 그녀는 까치발구두가 미웠다. 엄마나 할머니 몰래 구두를 버리기도 했다. 하지만 신발장에는 까치발구두들이 언제나 있었다. 신발장 가운데 칸에는 할머니의 빨간 구두가 놓여 있고.

구두를 신을 때마다 엄마 몸에서 페로몬 냄새가 나기 시작했다. 초등학교 3학년 여름방학 때 엄마는 가족의 축복을 받으며 재혼했다. 그녀만 심술꾸러기로 식구들에게 눈총을 받았다. 그녀가 심술꾸러기로 변한 것은 까치발구두 때문이었다. 그녀는 지금도 엄마의 남편을 '새아빠'라고 부르지 않는다. 엄마의 재혼 후 그녀와 할머니 둘만의 생활이 시작되었다. 할머니의 사랑은 엄마만큼 컸다. 그래서 그녀는 그다지 외롭지 않게 자랄 수 있었다. 어느덧 그녀에게는 씨 다른 남매가 네 명이나 생겼다. 그 아이들은 허물없이 그녀를 언니, 누나라 부르며 함께 어울렸다. 엄마도 구두를 신고부터 엄청 변했다. 마흔 중반에 늦둥이 남동생을 낳았으니까.

대학에 들어가자 엄마가 입학 선물로 하이힐을 사줬다. 이제는 성인이 됐으니 이걸 신고 다니렴. 엄마는 애절하게 부탁했다. 그녀는 구두를 받자마자 대학에 함께 입학한 고교 친구에게 그 하이힐을 줘버렸다. 그녀는 하이힐이 무서웠다. 하이힐을 신으면 엄마나 할머니처럼 아이를 많이 낳아야 될 것 같았다. 할머니도 엄마처럼 마흔 중반에 막내고모를 낳았다. 죽은 아버지를 제외하고 세 명의 고모와 두 명의 삼촌이 정정하게 살아가고 있다. 고모 셋도 하이힐을 즐겨 신으며, 외사촌들만으로도 야구팀 둘을 만들 수 있었다. 친구는 하이힐을 받자 "이걸 언제 어떻게 신겠냐? 편한 운동화나 단화가 있는데"라며 짜증 섞어 말했다. 그 후 친구가 하이힐을 신은 모습을 본 적이 없었다.

4

처음부터 향기는 콧속을 콕 찔렀다. 상호는 온몸이 오싹해질 정도로 당황스러웠고, 깜짝 놀랐다. 코끝이 찡해지면서 콧속이 뻥 뚫리는 듯 상쾌해졌다. 시각에만 집중되어 있던 뇌세포들이 뒤흔들렸다. 그동안 살아오면서 맡아본 적이 없는 향기였다. 상호는 프로젝트 계획서를 작성하는 컴퓨터 화면에서 눈을 떴다.

뇌세포들을 온통 후각 쪽으로 집중시킨 채 사방을 돌아보며 코를 킁킁거렸다. 순간 향기는 사라졌다. 다시 사무실은 도시의 매캐한 냄새로 채워졌다. 향기에 대한 호기심이 발동했다. 빌딩으로 둘러싸인 사무실에서는 맡을 수 없던 냄새였다. 입안에 침이 고였다. 모처럼 목젖에 힘을 주며 꿀꺽 삼켰다. 입맛을 다셨다. 빌딩숲에서 뜻밖의 향기를 맡다니! 사과나 배 같은 과일류 냄새? 아니면 장미나 국화 향기? 머릿속에서 열심히 찾아봤지만 도저히 향기의 정체를 알 수 없었다.

사무실 건물 밖에 벚나무가 몇 그루 서 있다. 봄철 며칠간만 벚꽃 향기가 사무실로 흘러들어왔다. 벚꽃 냄새만이 이 사무실에서 맡을 수 있는 유일한 향기다. 도시의 빌딩숲에서 근무하는 대부분의 사람들은 매캐한 냄새들 때문에 감기나 알레르기성 비염을 달고 다닌다. 기침 소리는 빌딩 사이를 메아리치며 돌아다닌다. 덕분에 이 거리의 약국들은 짭짤하게 수익을 올린다. 상호도 환절기마다 약국을 들락거린다. 으레 그렇구나 생각하면서 이 사무실로 출퇴근하고 있다.

올봄 프로야구 첫 시범경기를 하던 날이었다. 그날 상호는 정체불명의 향기를 처음 맡았다. 그날따라 함께 프로젝트를 준비하는 후배 최은미가 유달리 낮부터 힐끗힐끗 상호 눈치를 봤다. 결국 오후 늦게 최은미가 입을 달싹거렸다. 선배, 오늘 좀 일찍 퇴근하면 안 될까? 친구들과 야구 시범경기 보러 가기로 약속했는데. 내일 야근해서 보충할게. 언제부터 야구에 흥미를 가졌었지? 의아했다. 최은미는 깔깔 웃으며 답했다. 요즘 남자 냄새 나는 남자가 어디 있어요? 보기 힘들죠. 그나마 프로야구나 축구 선수들한테서 남자 냄새가 펄펄 나지 않아요? 그리고 참 이상한 게, 그렇게 비실거리던 남자들도 야구장이나 축구장에서 응원할 때는 왜 그렇게 늑대처럼 광분하는 거죠? 남자 즐기려고 야구장에 가는 거예요. 그렇다고 골치 아프게 사랑 같은 거 하고픈 생각은 없어요. 그저 보면서 즐기면 되는 거예요. 선배가 알몸으로 이 사무실을 왔다 갔다 한다 해도 나는 흥분하지 않을 거예요. 아니, 흥미조차 느끼지 못할 거예요. 그저 나와 다른 물건이 달려 있구나 생각할 뿐이죠. 상호는 최은미의 취향이 독특하게 달라졌구나 생각했을 뿐이다. 어떻게 하면 기막힌 펀드 상품을 개발할 수 있을까, 컴퓨터 화면에 시각을 집중했다. 그때 바람결에 흘러온 정체불명의 향기가 코를 찔렀다. 번쩍 뇌세포들이 깜짝 놀랐다. 순간의 자극이었다. 그날 이후 간혹 최은미는 프로야구 경기를 보러 가곤 했다. 그녀는 어느 선수의 몸매가 어떻다는 둥, 어느 투수의 피칭 폼이 섹시하다는 둥 하면서 야구 경기보다 선수들 이야기에 더 열을 올렸다. 상호는 듣는 둥 마는 둥 했다. 그저 여자든 남자든 혼자 편하게 살아가면 되는 거야. 인터넷이 다 해결해주는 세상인데, 뭐. 상호는 향기에 대해 까맣게 잊고 있었다. 순간의 자극을 오래 기억할 만큼 그는 한가하지 않았다. 며칠 후 우중충하게 봄비가 내리던 저녁 무렵, 왠지 라면이 당겨서 라면을 끓이며 냄새에 취해 있었다. 순간 정체불명의 향기가 두번째로 콧속을 찔렀다. 향기는 라면 냄새보다 더 심하게 뇌세포를 뒤흔들었다. 사무실에 깔려 있던 라면 냄새를 깡그리 내몰아버렸다. 콧속이 상쾌해지더니 머릿속이 불끈 뜨거워지는 듯했다. 라면 냄새를 맡을 때보다 더 많은 양의 침이 입안에 고였다. 꿀꺽꿀꺽 몇 번이나 멈추지 않고 침을 삼켰다. 목젖도 그가 느낄 수 있을 만큼 힘 있게 움직였다. 킁킁거리며 정체불명의 향기를 찾아서 온 사무실을 돌아다녔다. 하지만 도대체가 찾을 수 없었다. 그러다 사무실 창밖 비 오는 거리에서 분홍 우산을 쓴 여자의 뒷모습이 눈에 띄었다. 누군가를 기다리는 듯했다. 두번째 향기는 1, 2분간 콧속을 자극했다. 머릿속에 향기에 대한 기억이 선명하게 찍혔다. 두번째 향기를 맡은 후 4, 5일 간격으로 향기가 그의 콧속을 찌르곤 했다. 어디서 나는 향기인지 여전히 아리송했다. 하지만 그 향기는 온갖 다른 냄새들을 말끔히 내몰았다. 향기를 맡을 수록 누군가가 막연히 떠올랐다.

얼마 전 스포츠신문을 보다가 최은미에게 "오늘 야구 보러 안 가?" 물어보는데 예의 그 향기가 풍겨왔다. 상호는 향기를 콧속 깊숙이 빨아들이며 저절로 취해갔다. 그러자 머릿속 뇌세포들이 불끈 솟구치면서 피가 뜨거워졌다. 코를 킁킁거리면서 온 사무실을 돌아다녔다. 무슨 야릇한 향기가 나지 않아? 최은미는 상호 하는 꼴이 이상한지 눈을 동그랗게 뜨며 면박을 줬다. 무슨 냄새 말예요? 나는 전혀 맡을 수가 없는데요? 선배 코가 이상한 거 아녜요? 아니 네가 코감기 걸린 거아냐? 향기는 그의 콧속으로만 스며들었다. 고개를 갸우뚱거리는 최은미가 잠시 볼그스레해 보였다. 착시 현상인가? 선배 왜 갑자기 투수 폼을 잡고 있어요? 섹시하게 말이야! 최은미가 깜짝 놀라며 상호를 의아한 듯 쳐다봤다. 그러다 창가로간 최은미가 갑자기 호들갑을 떨며 말했다. 어머, 저 보라색 원피스 입은 할머니 좀 봐! 킬힐을 신었네. 너무 예쁘다. 상호가 창가로 갔을 때 까치발구두를 신은 할머니가 길모퉁이를돌아가고 있었다. 향기는 어둠 속으로 사라졌다.

5

도대체 이 초식남이 왜 이래? 뭘 잘못 먹었나? 상호가 내뱉은 카카오톡 메시지들이 요즘 거칠어진다. 할머니가 외출하고 엄마와의 통화가 끝난 후였다. 커튼을 올리며 창밖의 밤을 보면서 후유 한숨을 들이쉬었다. 그때 "카톡, 카톡" 그녀를 부르는 소리가 들린다. 상호가 보낸 카톡이다. 불타는 금요일 밤에 뭐하냐? 나랑 데이트할까? 친구끼리 무슨 데이트? 실없이 웃음만 나온다. 데이트란 말을 몇 달 전부터 곧잘 한다. 고등학교 때부터 상호는 친구일 뿐이다. 앙앙거리는 여자 친구보다 편하게 속내를 드러낼 수 있어 좋다. 상호 역시 초식남으로 살아가면서 입이 간지러울 때 만나거나 전화로 수다를 떤다. 만나자고 얘기하지 데이트란 말은 둘 다 전혀 한 적이 없다. 함께 데이트하며 야동이나 볼까? 더 거칠어지고 생뚱맞은 카카오톡 메시지다. 더 이상 대꾸하고 싶지 않아 스마트폰을 던진다. 금요일 밤에 하려고 했던 나 홀로 계획대로 인터넷 사이트에 접속한다. 유스트림과 함께 나 홀로 파티를 즐긴다. 유스트림은 인터넷 실시간 생중계 사이트이다. 오늘은 서교동 재즈클럽에서 즐긴다. 그녀만의 방이 재즈클럽으로 변한다. 홀로 맥주를 홀짝이며 인터넷 속 잘나가는 재즈밴드의 연주를 음미한다.

속옷만 입은 채 침대 위에 늘어지는 금요일 밤 나 홀로 파티는 마냥 즐겁다. 일주일의 피로를 말끔하게 풀 수 있다. "카톡, 카톡" 그녀를 부르는 소리가 점점 빨라진다. 그러나 지금 필요한 건 목젖을 적시는 맥주와 달콤한 재즈 연주뿐이다. 썅! 욕이 튀어나오며 스마트폰을 방구석으로 집어던진다. 그동안 상호를 귀찮다고 생각해본 적은 없었다. 서로 수다가 필요할 때만 만났으니까. 요즘 카카오톡 메시지가 거칠어지면서 귀찮다는 생각이 들곤 한다. 지난 초여름, 향기에 대한 얘기를 하기 시작할 때부터다. 요즘 가끔 정체불명의 향기를 맡곤 해. 그것도 나 혼자만 맡게 되는 거야. 콧속을 찌르는데 상쾌해지면서 머릿속이 뜨겁게 달아올라. 처음에는 아리송했지. 그런데 며칠 전 너를 만났을 때, 더치커피 냄새보다 더 강하게 내 코를 찌르는 정체불명의 향기를 맡았어. 근데 그 향기가 너한테서 나는 거야. 미쳤군. 그녀는 코웃음을 치며 빤히 자신을 쳐다보는 상호의 머리를 한 대 쳤다. 나도 도대체 아리송할 뿐이야. 상호의 얼굴이 얼떨떨했다.

우리 입에서 결혼, 사랑, 데이트 따위의 말들이 나온 적은 없다. 사랑을 위해 시간과 돈을 쓰면서 불필요한 감정노동을 하고 싶지 않았다. 주고받는 말들은 나 홀로 파티에 대한 정보 교환뿐이다. 여의도 불꽃축제 때도 그랬다. 번잡한데 남들과 몸 부딪치며 피곤하게 볼 것 없잖아! 방 안에서 편하게 유스트림으로 보면서 현장에 있듯 불꽃축제를 즐기면 되는 거야. 상호가 친구답게 정보를 알려줬다. 그런 놈이 요즘 들어 부쩍 데이트를 하잖다. 이건 변칙 플레이다!

6

향기가 오늘따라 더 세게 콧속을 찌른다. 구두굽 소리도 황
야를 달리는 말발굽 소리보다 더 요란하게 들린다. 금요일
밤거리는 달빛이 요술을 부린 듯 들떠 있다. 뭐해? 오늘 대학
동기 모임 있는 거 몰라? 아직 사무실에서 야근 중이냐? 알
고 있었어. 상호는 시무룩하게 친구 전화를 끊었다. 한 달 후
면 자신이 개발한 펀드 신상품이 세상을 깜짝 놀라게 할 것
이다. 하지만 너울처럼 밀려오는 향기 때문에 컴퓨터 화면이
자꾸 흐릿해진다. 그리고 우르르 쾅쾅. 온몸에서 천둥보다
더 큰 소리가 울려 퍼진다. 번개보다 더 빠르게 피가 흐른다.
그렇게 얌전하던 몸이 배신을 하다니. 커피를 마셔봐도, 팔
굽혀펴기를 해봐도, 신문을 읽어봐도 쓸데없는 짓일 뿐이다.
언제부터인가 지영이가 향기를 따라 그의 가슴을 쾅쾅 때린
다. 친구일 뿐인데…… 거부할수록 향기가 뇌세포를 찌르며
더욱 그녀를 가슴으로 부르게 한다. 스스로도 아리송하다. 그
녀에게 카카오톡을 보낸다. 불타는 금요일 밤에 뭐하냐? 나
랑 데이트나 할까? 손가락도 향기를 따라 스마트폰 화면에서
움직인다.

이미 머릿속 뇌세포들은 향기에 중독되었다. 온몸도 향기
로 변질되고 있다. 샤워실에서 찬물로 샤워해봐도, 화장실 비

데에 앉아 억지로 배설해봐도 소용없다. 향기는 점점 더 사무실 안에 짙게 깔린다. 상호는 아랫도리를 만져본다. 가슴이 세차게 뛰는 것만큼 아랫도리도 뛰고 있다. 그동안 아랫도리가 그렇게 뜨겁게 뛴 적은 없었다. 사무실이 답답하다. 상호는 거리로 튀어나왔다. 또박또박. 구두굽 소리가 뚜렷하게 들린다. 앞서서 살랑거리며 걸어가는 보라색 원피스를 입은 여인이 달빛 따라 아른거린다. 지영이에게 카카오톡 메시지를 보낸다. 우리 함께 예쁜 아기를 갖자고. 왜 그런 문자를 보내는지 스스로도 모르겠다. 쌕쌕거리며, 향기 나는 그림자만 따라가고 있을 뿐이다.

7

나 홀로 파티도 재즈클럽을 여러 곳 돌다 보니 시들해졌다. 밤 10시가 지났는데도 할머니는 외출에서 아직 돌아오지 않았다. 카카오톡은 이제 잠잠하다. 상호가 지쳤나? 맥주 캔 서너 개가 금요일 휴식을 위해 버려져 있다. 얼굴이 화끈거린다. 흐느적거릴 정도로 취기가 온몸에 퍼졌다. 이런 나른한 맛이 기분 좋은 거야. 방구석에 뒹굴고 있는 택배 상자가 언뜻 보인다. 엄마가 보낸 까치발구두다. 무슨 색깔일까? 무슨 모양

새일까? 궁금하다. 나른한 김에 호기심이 생긴다.

택배 상자 속에 은회색 뱀피 무늬의 까치발구두가 들어 있다. 불빛에 구두굽이 요사스럽게 반짝인다. 아주 예쁜 구두다. 구두에 무덤덤한 나까지 품속에 품고 싶을 정도로 예쁘다. 얄팍한 구두굽이 57킬로그램의 나를 지탱할 수 있을까? 왠지 신어보고 싶어진다. 일어나서 오른발로 구두 위에 올라선다. 발가락들이 조이면서 실로 묶이는 듯하다. 다리가 후들거린다. 왜 이런 구두를 신지? 조심스레 왼발도 구두 위에 올려놓는다. 중심을 잡지 못해 몸통이 휘청거린다. 겨우 책상 모서리를 잡고 몸통을 진정시킨다. 엉덩이와 다리에 힘을 주고 구두에 올라선다. 온몸이 꼿꼿해진다. 한 걸음, 한 걸음 조심스레 걸어본다. 가느다란 구두굽이 57킬로그램의 몸을 지탱하고 있다. 또각또각, 엉금엉금, 비틀거리는 구두굽 소리가 아파트 안에 퍼진다. 전신 거울 앞에 멈춘다. 거울 속에 엉덩이가 보름달처럼 올라가고 어깨가 뒤로 젖혀지면서 젖가슴이 풍만해진 아리송한 여자가 들어 있다. 밋밋했던 몸매에 S라인이 생겨난다. 나도 아름다워질 수 있구나. 발그레한 얼굴에 수줍은 웃음이 번진다. 가슴이 왠지 두근거린다. 예쁜 원피스를 입어볼까? 살랑거리면서 도도하고 아름답게 거리를 활보할 수 있겠구나. 젖꼭지가 간지러워진다. 모델처럼 걸어본다. 몸매가 요염하게 낭창거린다. 순간 발목이 꺾이는 듯 시큰거린다. 구두를 벗어 방바닥에 내동댕이친다. 골든글러브 시상식에서 영국 여배우 엠마 톰슨이 "이 구두의 붉은색은 나의 피입니다!"라고 크게 외치며 까치발구두를 집어던졌듯이. 술이 깬다. 젖꼭지가 간지러운 것조차 싫다. 그냥 단화를 신고 다니는 게 편하다. 귀찮은 달거리를 자주 하지 않아도 된다. 나 홀로 57킬로그램 몸무게로 살아가는 데 전혀 지장이 없다. 갑자기 "카톡, 카톡" 그녀를 부른다. 또 상호의 메시지다. 우리 함께 예쁜 아기를 갖자! 미친놈! 친구끼리 어떻게 아기를 갖는단 말이야!

8

구두굽 소리가 멈춘다. 보라색 원피스를 입은 여인이 돌아서서 상호에게 손짓을 한다. 상호도 걸음을 멈추고 움찔 놀란다. 가끔 지영이와 커피를 마시며 수다 떨던 노천카페 근처다. 어떻게 여기까지 따라왔지? 추억의 팝송이 흘러 퍼진다. 낯익은 카페 주인이 싱긋 웃으며 손짓한다. 젊은 친구 이리 와요. 얼떨결에 그들과 자리를 함께한다. 불빛 아래 팝송 따라 여인이 허리를 살랑거리며 모자를 벗는다. 상호는 깜짝 놀랐다. 지영이의 할머니다. 더치커피 한잔 마셔요. 카페 주인이 아리송한 웃음을 짓는다. 할머니에게서 예의 그 향기가 확 풍긴다. 가슴이 더욱 세차게 뛴다. 지영이에게 가끔 맡았던 냄새다. 젊은 친구 축하해요. 카페 주인이 아리송한 말을 한다. 아직 그런 말 하기엔 너무 일러! 할머니가 커피를 마시며 상호에게 눈웃음을 짓는다. 다정함이 흠뻑 깃들어 있다. 지영이가 더욱 그리워진다. 대답 없는 스마트폰을 한 번 쳐다본다. 가을바람이 살랑살랑 달빛 따라 불어온다. 오늘 노을은 유달리 너무 예뻤어. 할머니는 살포시 눈을 감은 채 노을을 음미하듯 속삭인다. 노을이 예뻤나? 상호는 기억나지 않는다. 도시의 빌딩들이 하늘을 가려서 빌딩 속에서 일하는 사람들은 노을을 볼 수 없어. 할머니는 안쓰러운 듯 혀를 찬다. 노을은 내일을 새롭게 준비하는 밤의 원점인데. 그래서 노을은 언제나 우리 가슴을 뛰게 하는 거야. 어떤 내일이 만들어질까? 희망을 가질 수 있으니까. 젊은이는 노을에 빠져서 뛰어본 적이 없겠네? 가슴이 뛰어야 밤 동안 내일을 위한 에너지가 만들어지지. 특히 테스토스테론이 말이야. 할머니가 싱긋 웃는다. 나는 내일을 인터넷에서 만들 수 있는데…… 이 빌딩숲에서는 굳이 노을을 느끼며 내일을 생각할 틈이 없다. 언제 노을을 봤나? 기억이 까마득할 뿐이다. 할머니의 향기를 맡으니 노을이 느껴지는 듯하다. 입안에 침이 가득 고여 계속 침을 삼키게 된다. 30년 동안 이렇게 많은 침을 삼켜본 적이 없다. 테스토스테론이 온몸을 가득 채운다. 간혹 새벽녘에 아랫도리에 테스토스테론이 조금 채워지는 것을 느꼈을 뿐이다. 테스토스테론 때문에 새벽을 설치는 것이 귀찮고 싫었다.

할머니가 탭댄스 추듯 구두굽을 땅에 친다. 구두굽 소리 따라 향기가 쉴 새 없이 밀물처럼 콧속으로 스며든다. 테스토스테론으로 가득 채워진 온몸이 터질 것 같다. 할머니가 가방에서 까만 비닐봉지를 꺼낸다. 비닐봉지 속에서 숨을 쉴 수 없을 정도로 향기가 뿜어져 나온다. 이걸 내 손녀에게 갖다 줘. 나는 볼일 좀 보고 갈 테니. 상호는 비닐봉지를 받자마자 아파트 쪽으로 뛰기 시작했다. 등 뒤에서 문이 열려 있다는 할머니의 외침이 들린다.

9

내던진 까치발구두 쪽으로 왠지 시선이 간다. 불빛 아래서 구두는 요염하게 반짝인다. 반짝이는 구두가 얄밉게 보여 괜스레 맥주만 마신다. 맥주가 마음속으로 스며든다. 창밖 불빛들이 너무 휘황찬란하다. 그녀 곁에 없는 불빛들이다. 갑자기 외로워진다. 엄마나 할머니는 저 구두를 신으면 외롭지 않을까? 다시 한번 신어볼까? 커튼이 쳐진 방 안에서 나 홀로

30여 년을 뒹굴다니. 온몸이 바싹 말라버린 느낌이 든다. 언제 달거리를 했지? 구두를 보자 왜 달거리가 불쑥 생각났을까? 몇 개월 됐다. 매달 생리대를 대신 사다 달라는 할머니의 부탁을 받을 때마다 핀잔주듯 말했다. 웬 주책이야? 매달 달거리 하면 귀찮지도 않아? 80평생 임신할 때 외에는 매달 검은 피를 쏟아내는 게. 몇 달에 겨우 한 번씩 하는 달거리를 그녀는 다행이라 생각했다. 할머니 침대 옆 탁자 위에는 언제나 여성 호르몬 요법 경구약인 에스트로겐 프로게스테론 약들이 놓여 있다. 할머니는 에스트로겐 프로게스테론의 주기적 병합요법을 폐경 후부터 계속 받아왔다. 침대 맞은편 벽면에는 할머니가 언제나 바라보며 꿈꾸는 모리스 캉탱 드 라 투르의 '퐁파두르 부인'의 초상화가 걸려 있다. 화려한 의상을 입고, 값비싼 가구와 멋진 장식품으로 꾸며진 거실에서 의자에 앉아 악보를 읽는 여인의 초상화이다. 누가 봐도 환상 속의 여인일 수밖에 없는 우아하고 아름다운 자태이다. 역사적으로도 퐁파두르 부인은 루이 15세의 쿠르티잔(부유층의 공개 애인)으로서 만인의 부러움을 산 여인이었고, 18세기 프랑스 문화를 이끈 주역이었다. 퐁파두르 부인은 굽 낮은 하이힐을 신고 있다. 할머니는 그녀의 품위는 하이힐에서 시작된다며 존경스럽게 초상화를 바라본다. 나는 죽는 날까지 까치발구두를 신고 싶거든. 그래서 여성 호르몬 요법을 받는 거야. 할머니는 기도문처럼 말하곤 한다. 지영은 할머니와 다른 별종으로 진화했다고 가볍게 생각해왔다. 말라버린 아랫도리를 쓰다듬어 본다. 아랫도리에 핏기가 전혀 없다. 이때 또 한번 "카톡, 카톡" 상호가 거칠게 그녀를 부른다. 함께 아기를 갖고 싶다! 미쳤나! 귀찮게 아기는 가져서 뭐하려고?

10

순식간이다. 잠결인 듯하다. 금요일 밤만 홀로 외롭게 깊어 가고 있었으니까. 문이 팍 열리는 소리가 들리고, 거칠게 옷 벗는 소리가 어렴풋이 들렸다. 할머니인 줄 알았다. 남자 냄새가 확 풍겼다. 누구야? 겨우 눈을 뜨니까 이미 그녀의 아랫도리가 벗겨져 있다. 앗! 너 상호 아냐? 왜 이래? 미쳤니? 넌 친구잖아! 상호가 씩씩거리며 입을 막는다. 나도 모르게 너를 사랑하고 있었어. 너와 사랑을 나누고 싶은 거야. 남자 정액 속에 여자를 살리는 호르몬 성분이 있는데, 여자에게 꼭 필요한 거야. 남자 냄새가 가슴을 채운다. 아랫도리가 촉촉해진다. 그들 옆에 비닐봉지에서 비어져 나온 시커먼 생리대가 흩어져 있다. 생리대에서 향기가 퍼진다. 내가 몰랐던 너의 향기야. 상호가 힘껏 껴안는다. 이 향기는 함께 맡아야 하는구나. 마음속으로 혼자 속삭이며 상호를 쓰다듬는다.

11

　랄랄라. 까르르. 랄랄라. 까르르. 할머니의 흥얼거리는 노래가, 웃음이 달빛에 스며든다. 또박또박 까치발구두 소리도 함께 스며든다.

몸의 소리들

"뭐라고? 어머니가 교통사고를 당했다고? 지금 D대학병원 응급실에 있어? 위독하시대?"

전화 속에서 여동생 목소리가 덜덜 떨리고 있다. 새벽잠이 확 깬다. 어머니의 뼈들이 우지직 부서지는 소리가 들린다. 펑펑 핏줄들이 터지는 소리가, 줄줄 피 흘리는 소리가 머릿속에서 퍼진다. 어머니는 자동차와 부딪치면서 마지막으로 몸속에서 힘껏 소리를 내질렀을 것이다. 그렇게 쌩쌩거리며 다니던 어머니가 교통사고를? 자동차에 퍽 부딪치면서 쌩쌩거리던 소리는 사라졌단 말인가? 찬비에 젖은 아스팔트 위에 널려 있었을 어머니가 떠오른다. 나의 숨소리가 심장 뛰는 소리가, 몇 초간 멈춘다. 온몸에 흐르는 피 소리도 들리지 않는다. 순간 충격으로 몸속 소리들이 증발한 듯하다. 창문을 세차게 두드리는 빗소리도 들리지 않고 귀만 멍멍하다. 머릿속이 텅 비어간다. 전화 속 여동생의 울음이 귀청을 때린 후 심장이 쾅쾅 터질 듯이 다시 울린다. 디지털시계가 6시 37분을 가리킨다. 숨을 깊게 들이쉰다. 동짓날 어둠 속에서 시계 숫자만 붉게 움직인다. 바깥 빗소리도 다시 들린다. 쾅쾅 심장 울리는 소리, 씩씩거리는 숨소리, 쏴쏴 핏물 흐르는 소리. 어머니가 위독하다고? 내 안에서 소리들이 점점 커져간다. 어머니가 살아온 소리들이 곧 사라지겠군. 그런 생각이 스치자 쨍쨍, 갑자기 몸 어디선가 알 수 없는 소리가 들린다. 전혀 예기치 않았던 소리다. 온몸에 소름이 돋는다. 도저히 종잡을 수 없다. 왜 이 순간에 소름 돋는 소리가 나는지. 온갖 몸속 소리들 가운데 순간적으로 또렷하게 들린다. 두개골이 감전된 듯이 부르르 떤다. 섬뜩하면서도 정체를 알 수 없다. 찰나, 쨍쨍 되바라지게 울리는 소리가 마음과 온몸을 휘젓더니, 블랙홀 같은 두개골 깊숙이로 사라져버린다. 소름 돋는 내 얼굴에 살짝 야릇한 웃음이 번진다. 왜 웃음이 번지는지는 나도 알 수가 없다.

어머니는 언제나처럼 새벽 5시쯤 일어났을 것이다. 그건 계절과 상관없었다. 어릴 적 단칸방에서든, 초등학생 때 적

산가옥에서든, 사춘기 시절 이층 벽돌집에서든, 어머니가 새벽 5시쯤 깨는 소리를 들으며 자랐다. 어머니는 우리 사남매가 깨지 않도록 살며시 일어났다. 어젯밤에도 잠들기 전에 새벽부터 해야 할 일을 꼼꼼히 챙겼을 것이다. 어디서 무엇을 사야 한 푼이라도 아낄 수 있을까? 하루 종일 어머니의 머릿속을 꽉 메웠을 생각이다. 신문 전단지를 보며 바겐세일을 하는 대형마트나 재래시장 혹은 백화점만 열심히 찾았을 것이다.

어젯밤 9시 뉴스의 일기예보를 보고 전화했다. 강풍이 불고 비나 눈이 많이 온다고 하니 되도록 외출하지 말라고 으름장을 놨다. 어머니는 알겠다고, 외출하지 않겠다고 틀림없이 대답했다. 그냥 건성으로 대꾸하는 줄은 알았지만, 그래도 어머니의 대답은 또렷했다.

비바람 소리가 잠결에 들렸다. 비바람이 거칠게 창문을 후려칠 때마다 잠을 깨곤 했다. 잠결에 어머니가 새벽 외출을 할지 안 할지 생각이 왔다 갔다 했다. 마치 마지막으로 베팅하는 기분이었다. 결국 언제나처럼 외출할 것이라는 쪽에 뻔한 베팅을 하게 됐다.

역시나 어머니는 새벽 외출을 했다. 베팅에서 이겼지만 기분은 씁쓸하다. 어머니는 언제나처럼 돈 몇 푼을 아끼기 위해 도시 구석구석을 헤집고 다녔다. 건널목 붉은 신호등도 무시한 채 쌩쌩거리며 달려야 가장 먼저 도착하게 될 거라고, 세

일하는 물품을 누구보다도 먼저 구입할 수 있을 거라고 생각하면서 말이다. 쌩쌩거리는 소리는 어쩔 수 없는 어머니의 소리다.

어릴 적 어머니에게서 처음 들었던 소리가 쌩쌩 달리는 소리였다. 초등학교를 졸업할 때까지 어머니는 주말이면 새벽녘에 맏이인 나를 깨웠다. 어머니는 동생을 업고 아플 정도로 내 손을 꽉 잡고 집을 나섰다. 나는 잠결에 어머니의 발길을 따라 이곳저곳으로 이끌려 다녔다. 어머니는 값이 싸든 덤을 많이 주든 새벽시장이 열리는 곳이면 어디든지 달려가 남는 몫을 단단히 챙겼다. 반찬거리나 생필품이 주된 구매품이었다. 그렇게 챙겨야 여섯 식구가 겨우 살아갈 수 있었다. 묵직해진 비닐봉지들은 늘 내 몫이었다. 내 귓속에는 비몽사몽 중에 어머니가 쌩쌩 달리는 소리만 들렸다. 어머니는 마수걸이를 위해 그렇게 달려야 했다. 나는 어머니의 달리는 소리가 무서웠다. 바람보다 더 빠른 소리였다. 내 발이 땅에 닿을 틈도 없이 어머니는 달렸다. 달리다 보면 간간이 내 몸에서 꼬르륵꼬르륵 음식 부르는 소리가 났다. 꼬르륵 소리는 쌩쌩 소리만큼 내 뱃속에서 크게 울려 퍼졌다. 하지만 어머니는 내 뱃속에서 나는 소리가 들리지 않는 모양이었다. 어머니가 원망스러웠다. 어머니가 제발 꼬르륵 소리를 듣길 바랐다. 장을 보고 집에 올 때까지 꼬르륵 소리는 멈추지 않았다.

상급생이 될 무렵에야 겨우 어머니의 소리가 귀에 익숙해졌다. 결국 쌩쌩 달리는 소리는 머릿속에 녹음된 것처럼 언제나 귓속에서 맴돌았다. 어느 한겨울, 나는 투덜대면서 "천천히 걸어가면 안 돼?"라고 따지듯 물어봤다. 그러자 어머니는 "이놈아, 이렇게 뛰지 않으면 네 아버지 쥐꼬리만 한 월급으로 우리 여섯 식구 밥이나 제대로 먹을 수 있을 것 같아? 동사무소 말단 공무원 월급이 얼마나 된다고!"라며 편잔을 줬다. 어머니 말대로 꽁생원 같은 아버지에게 월급 이상의 수입은 기대할 수 없었다.

고등학교 3학년 때 아버지는 심근경색으로 갑자기 돌아가셨다. 아버지에게선 어떤 소리를 들은 기억이 거의 없다. 집과 동사무소만 오가는 것이 아버지 일과의 전부였다. 집에 있으면 마냥 안방만 지키며 조용히 텔레비전만 봤다. 그래서인지 기억 속의 아버지는 소리 없이 희미할 뿐이다. 내가 중학교에 들어가면서 어머니와의 새벽 나들이는 둘째 여동생이나 셋째 남동생과 교대로 하게 되었다. 동생들도 어김없이 어머니에게 물었다. 새벽에 왜 쌩쌩 달려야 하는지. 어머니의 대답은 한결같았다. "이놈들아! 너희들에게 달걀 한 개라도 더 먹이기 위해 이렇게 뛰는 거야." 우리는 아무 말 없이 어머니가 달리는 소리를 계속 들어야 했다. 아버지가 돌아가신 후 새벽에 달리는 어머니의 소리는 더욱 커졌다. 어머니는 식당을 차렸고, 맛난 음식을 만들기 위해 자갈치시장이나 반여동 농산물시장, 철마 정육점이나 김해 채소직판장으로 새벽부터 바쁘게 돌아다녔다. 나는 어머니의 달리는 소리가 듣기 괴로웠다. 어머니는 주말이면 반드시 우리 중 누군가를 데리고 새벽 장보기를 했다. 대학 시절 간혹 어머니와 새벽시장을 갈 때도 있었다. 쌩쌩, 여전히 어머니의 소리가 귓속에 또렷이 박혔다. 참 악착같군. 한참 달리다 보면 쌩쌩 소리 속에 또 다른 소리들이 띄엄띄엄 섞여 들려왔다. 어머니가 만드는 또 다른 소리들이었다. 나는 깜짝 놀랐다. 그리고 가슴이 서늘해졌다. 결코 듣기 좋은 소리들이 아니었다. 헉헉, 숨을 깊숙이 내뿜는 소리였다. 또 2, 30분마다 후유 내뱉는 가슴속 소리였다. 쌩쌩 소리 속에 간헐적으로 헉헉 숨찬 소리와 후유 가슴을 쏟아내는 소리가 버무려져 들렸다. 어머니는 숨기려고 무던히 애쓰지만, 그 소리들은 내 귓속으로 슬픈 발라드처럼 스며들었다. 눈시울이 뜨거워졌다. 그러나 어머니가 만들어내는 소리를 듣고 싶진 않았다. 세월이 만들어낸 어머니의 힘든 소리들이었다. 어머니가 중년이 됐구나. 어깨를 짓누르는 성장통을 느꼈다. 순간 몸 어디선가 쩡하는 마찰음이 머릿속을 콕 찔렀다. 어머니가 중년이 되었다는 것과 내 성장통이 왜 그런 정체불명의 소리를 만들어내는지 도무지 알 수 없었다. 그저 우연히 생긴 소음이겠거니 여길 뿐이었다. 나는 정체불명

의 소리를 곧 잊었다. 하지만 후유 하는 한숨 소리는 머릿속
에 긴 여운을 남겼다.

앞으로 12시간이 고빕니다. 혹시 돌아가실지도 모르니 미
리 여러 가지 일들을 준비하시고, 또 해결해야 할 일이 있으
면 해결하시기 바랍니다. 응급실 담당 의사는 어머니의 계약
기간이 만료되었다는 듯이 묵직하게 말했다. 어머니의 소리
는 심전도에서 사라지고 있다. 산소호흡기나 수혈 링거나 여
러 줄들이 어머니의 몸에 붙어서 쓸데없는 소리를 만들어내
고 있다. 하지만 어머니의 소리가 되살아나지는 않는다. 의
사들이 요란하고 바쁘게 어머니의 소리가 다시 나도록 응급
처치를 하지만 아무 소용이 없다. 인공 소리만 번잡하게 들
릴 뿐이다. 어머니의 몸속에서 온갖 소리가 서서히 사라져간
다. 꿀까닥, 마지막 하나의 소리만 목젖에 남은 채. 어제까지
만 해도 그렇게 요란하고, 시끄럽고, 당당하던 어머니의 소리
가 사라지고 있다니…… 갑자기 시계 소리가 무섭게 들린다.
여동생들과 조카들의 울음소리만 점점 커져간다.

어머니에게는 이제 12시간도 남지 않았다는 생각이 빠르게
스쳐간다. 순간 어머니의 비밀 통장이 떠올랐다. 그러자 몸
어디에선가 쨍 소리가 또다시 났다. 그 소리에 스스로 깜짝
놀란다. 그 소리를 듣지 않았을까? 가족들을 바라보았다. 여

전히 울고 있다. 왠지 저절로 고개가 돌아간다. 힐끗 본 응급실 거울에 음흉스레 웃고 있는 내 얼굴이 비친다. 웃음을 거두고 식구들을 돌아보면서, 아직 모르니 끝까지 경과를 지켜보자고 달랜다.

응급실 밖으로 나와 그녀에게 전화를 건다. 삭풍에 허연 입김만이 스마트폰에 서린다. 비 그친 하늘은 여전히 먹구름투성이다. 내뿜는 허연 입김 속에 심장 뛰는 소리도 섞여 나온다. 추위에 부르르 떠는데, 귀에 바싹 댄 스마트폰만 계속 울린다. 스마트폰을 꽉 쥔 손바닥이 땀으로 진득거린다.

에잇! 짜증이 날 즈음, 그녀의 목소리가 들렸다. 웬일이에요, 이 시간에? 그녀의 목소리는 여전히 부드럽다. 훅! 찬바람이 가슴속을 깊숙이 찔렀다. 네가 부탁한 일이 조만간 될 거 같아. 어머! 정말? 비눗방울이 반짝이며 터지는 듯한 목소리다. 오늘 당장 만날 수 없을까? 몇 달 전부터 내 몸속에 있었던 말이다. 좋아요. 오늘은 아파트에 있어요. 그녀의 목소리가 매끄럽게 미끄러진다. 지금 한가하니 커피 한잔이라도 괜찮아요. 그녀의 말끝에서 페로몬 내음이 확 풍긴다. 갑자기 말라버렸던 테스토스테론이 아랫도리에서 샘물처럼 솟아오른다. 감전되듯이 테스토스테론이 신경다발을 따라 불꽃튀며 온몸으로 퍼져나간다. 테스토스테론 불꽃이 근육을 태우기 시작한다. 얼굴, 목둘레, 가슴팍, 등짝 등이 불꽃에 벌겋게 타들어간다.

겨울바람이 타들어가는 얼굴과 목둘레를 식힌다. 응급실의 붉은 입간판이 그녀의 거실에 걸려 있는 추상화로 보인다. 깊게 빨아들인 담배 연기가 그녀의 혀처럼 목구멍을 간질거린다.

큰일 났어! 엄마가 더 위독해졌어! 등 뒤에서 울부짖으며 여동생이 뛰어온다. 그러나 테스토스테론 불길은 쉽게 사그라지지 않는다. 여동생의 엉엉 우는 소리가 귀찮을 뿐이다. 엉엉 우는 소리처럼 언제나 흔하게 듣는 소리들은 지금 듣고 싶지 않다. 아직 어떻게 될지 모르니 더 기다려보자! 나는 한 시간 정도 급한 일로 다녀올 데가 있으니 잘 지켜보렴. 우는 여동생을 뒤로한 채 바로 택시를 탔다. 영주동 산복도로로 가주세요. 다급한 목소리에 놀란 듯 운전기사가 백미러로 나를 살폈다. 그녀는 알고 있을 것이다. 내가 곧 간다는 것을. 호호 웃으면서 쌩쌩, 헉헉거리는 내 소리를 지우려고 샤워를 하고 있을 거야. 그녀의 웃음은 언제나 듣기 싫은 내 소리들을 쉽게 사그라지게 했다. 나도 쌩쌩, 헉헉거리는 소리들이 그렇게 쉽게 사그라질 줄 몰랐다. 내 몸에서 끊임없이 나는 헉헉거리는 소리 때문에 테스토스테론은 말라가고 있었다.

언제부터인지 모르겠다. 어머니의 소리가 내 몸에서도 나기 시작했다. 질겁할 노릇이었다. 어쩔 수 없었다. 어머니의 소리가 듣기 싫어 택한 직업이 은행원이었다. 내 돈은 아니라도 돈을 마음껏 보고 만지기만 해도 어머니의 소리가 내게서 되풀이되는 일은 없을 거라고 생각했다. 하지만 어머니의 소리는 나에게도 운명이었다. 입사 동기들이 하나하나 대리로 진급하자, 후배들 사이에서 나를 보고 수군거리는 소리가 들렸다. 은행 안에서 무능하게 처지고 있구나. 마냥 한자리에만 앉아 있을 수 없구나. 나는 늦게나마 깨달았다. 동기들은 쌩쌩거리며 자기들끼리 몰래 바쁘게 싸돌아다녔다. 진급한 동기들은 나를 멸시하듯 보곤 했다. 그 후 나도 모르게 바빠지면서 어느 날 내 몸에서 나는 쌩쌩 소리를 듣게 됐다. 나도 어쩔 수 없이 그런 소리를 내야 살아가는구나, 좌절감을 느꼈다. 며칠간 소주를 목구멍으로 들이부었지만 나날이 목구멍을 콕콕 찌르는 통증만 심해졌다. 후배들이 대리로 진급하기 시작하자 헉헉거리는 소리마저 들리기 시작했다. 아내도 둘째 아이를 낳고 잔소리가 더 심해졌다. 괜히 간호사를 그만뒀다는 둥, 그렇게 무능할 수 없다는 둥, 언제 전셋집을 벗어나 내 집 한번 가져볼 수 있겠냐는 둥. 겨우 대리로 진급하고 24평짜리 내 집을 마련했지만 쌩쌩, 헉헉 소리는 점점 더 크게 들렸다. 간혹 후유 가슴 쓰린 소리까지 내곤 했다. 멈추지 않을 것 같은 공포가 엄습해왔다. 그러면서 테스토스테론도 조금씩 말라갔다.

그녀의 아파트 정문에서는 북항 바다가 보인다. 탁 트인 바다는 언제나 시원하게 느껴진다. 불어오는 바람이 내 몸에서 나는 듣기 싫은 소리를 씻어내는 듯하다. 엘리베이터 앞에 서자 쩽쩽 소리가 내 몸 어디에선지 또렷하게 들렸다. 가슴속에선지 머릿속에선지, 어디에서 나기 시작했는지 모르겠다. 소름 끼치는 소리가 온몸에서 점점 커져간다. 이제야 기억난다. 언제나 그녀의 아파트 엘리베이터 앞에 서면 정체불명의 소리가 내 몸에서 들렸다. 소름이 돋으며 또 다른 나로 변신했다. 그러곤 뇌세포를 찌르면서 잊고 싶은 기억들을 순식간에 소멸시켰다. 몇 분 전의 일들이 전혀 기억나지 않았다. 나는 그녀를 만나야만 하는 사람으로 엘리베이터를 타는 것이다. 엘리베이터 거울에는 소름 돋는, 음흉하게 웃고 있는 얼굴만 보인다. 6개월 만이군. 이 거울에서 내 얼굴을 보는 것이. 덜렁거리는 엘리베이터 소리도 정체불명의 소리에 묻혀 잘 들리지 않는다. 8층에 멈추는 순간, 나도 쩽쩽 소리를 내야 하는 사람이구나 하고 깊게 느낀다. 아파트 문을 열자마자 쩽쩽 소리 속에 쌕쌕거리는 소리가 섞이기 시작한다. 두 소리는 테스토스테론을 아랫도리에서 솟아나게 한다. 아파트 현관문에 걸린 풍경이 달랑달랑 울린다. 그녀의 웃음소리가 달랑거리는 소리 속으로 어우러진다. 서로 뒤섞인 소리들이 타악기 연주처럼 아파트 안을 날아다닌다. 바람과 함께 어우러져 내 마음을 녹인다. 그녀 특유의 페로몬 냄새가 확 풍긴다. 내 몸에서 쌕쌕, 쩽쩽 소리가 커져간다. 거실에 걸린 그림이 그녀의 웃음만큼 햇살에 물들어 있다. 몇 달 만에 내 집에 오는 거야, 오빠? 그녀의 목소리에는 언제나 웃음이 섞여 있다. 오빠라는 호칭이 아내가 부르는 자기보다 더 가슴에 와 닿는다. 그녀는 오렌지 주스가 담긴 머그잔을 내밀면서 묻는다. 갑자기 어떻게 생각이 바뀌게 된 거야? 쌕쌕거리는 소리를 오렌지 주스로 삭이면서. 어머니가 오늘 새벽에 교통사고를 당해서 지금 대학병원 응급실에 위독한 상태로 계셔. 호호호. 그녀의 목 깊숙이에서 외로움을 잊게 하는 웃음이 튀어나온다. 곧 1억이 준비되겠네? 그녀의 눈가에 웃음이 깊게 팬다.

그때 그녀의 웃음 속에서 쩽쩽 소리가 들렸다. 잠깐 귓가를 스쳤지만 또렷하게 귓속으로 들어와 박혔다. 내 몸에서만 들리는 줄 알았다. 그녀의 몸에서도 쩽쩽 소리가 나는구나. 이제 기억이 가물가물 난다. 박진우의 몸에서도 들은 듯하다. 아내가 미국으로 떠나기 전날 밤에도 들은 듯하다. 아파트가 언제나 훈훈하군. 그녀의 손길이 웃음 따라 내 아랫도리를 어루만진다. 몇 달간 내 몸에 묻어 있던 외로움이 사라진다. 내 아파트는 무섭다. 또 외롭다. 현관에 들어서면 어둠 속에서 먼지 움직이는 소리까지 들린다. 외로운 한숨 소리만 28평 아파트를 가득 채운다. 그리고 부슬부슬 거칠고 말라버린 피부 껍질이 찬 방바닥에 떨어지는 소리도 함께 들린다. 후유 한숨 소리가 후렴처럼 어둠 속에 퍼진다. 현관문을 열 때마다 등줄기가 오싹오싹한다. 아파트가 외로운 공간이 된 지도 어느덧 8년이 되었다. 아내와 두 아이가 서울로 떠난 후부터다. 남들보다는 늦었지만 불혹을 넘겨서 그래도 주택담보 대출금으로 내 명의의 아파트를 장만할 수 있었다. 아내의 잔소리가 이제 끝나겠지 여겨졌지만 불만은 더욱 커졌다. 얼마나 지지리 못났으면 은행원이 남들보다 은행 대출금도 쉽게 못 받니? 쯧쯧. 아내는 친정아버지의 간암 병치레 때문에 대출을 받았던 건 까맣게 잊고 있다. 장남이면서 왜 여유 있는 어머니에게 떳떳하게 도와달라고 말을 못해? 아내 입에서 온갖 잔소리가 끊임없이 튀어나왔다. 그러더니 큰아들이 중학교에 입학할 즈음 둘째 아들과 함께 서울로 가버렸다. 아이들 교육은 서울에서 제대로 시켜야 한다면서. 당신같이 무능한 남자로 키우진 않겠다고 고함을 지르더니 어금니를 박박 갈았다. 큰아이가 고등학교에 입학할 즈음, 아내는 아이들 교육 때문이라며 호주로 가버렸다. 어머니의 호통이나 야단도 소용없었다. 이미 아내는 며느리가 될 생각이 없었다. 오직 엄마 노릇만 열심히 할 뿐이다. 처음 몇 년간은 방학 때면 잠시 귀국했지만, 3년 전쯤부터는 아이들 교육에 지장이 있다면서, 또 자기도 거기서 취직을 했다면서 오지 않는다. 그저 아이들과 이메일로만 어쩌다 소식을 주고받을 뿐이다.

가끔 아내를 어떻게 만났는지 넋두리처럼 기억해본다. 대

연동 지점에서 신입사원으로 근무할 때였다. 감기 몸살로 은행 옆 내과를 찾았을 때 그곳 간호사로 일하는 아내를 만났다. 또 아내는 내과 의원의 통장 관리로 은행 출입이 잦았다. 노총각 은행원이 어느 봄날 토요일 마지막 환자로 감기약 처방전을 받는데, 아내가 "따분한 토요일 오후를 어떻게 보내지?" 라며 한숨을 쉬었다. 따분하다는 한숨에 나도 공감이 갔다. 우리는 따분하다는 핑계로 자주 만나면서 따분함을 함께 즐기자며 결혼했다.

결혼하고 나서도 따분한 탓인지 아내에게서는 쌕쌕거리는 소리만 들렸다. 따분하다는 공감대는 둘째 아이를 출산하면서 사라졌고, 곧 끔찍한 공포로 변했다. 아내는 부루퉁한 얼굴로 투덜대는 소리만 끊임없이 내질렀다. 박박 어금니 가는 소리도 커져갔다. 따분하다는 이유만으로 내 테스토스테론만 소비했고 따뜻한 가정을 지킬 수 없었다. 아내는 은행원이면 마음껏 돈을 만지고 가질 수 있으리라는 말도 안 되는 생각에 빠져 있었다. 아내와는 따분하다는 것 외에는 서로 맞는 것이 전혀 없었다. 기러기아빠 신세는 아내가 만들었다. 아이들 핑계로 28평 아파트는 점점 더 외로워졌다. 집이라기보다 가구를 보관하는 창고로 변해갔고, 나는 가구를 지키는 창고지기 신세가 되었다. 하지만 그녀는 아내와 달랐다. 처음부터 따분하지 않았다. 그녀의 웃음소리는 따분하지 않게 언제나 얼굴에 머물러 있다. 그녀의 입안은 언제나 끈적끈적한 침으로 고여 있다. 부슬부슬 메마른 내 살갗을 침으로 적셔준다. 아내는 메스꺼운 입냄새를 풍기며 나에게 대거리만 했다.

그녀는 내 거웃을 입안에 담그면서 속삭인다. 오빠! 5천만원 더 마련할 수 있어? 끈적하게 솟아나는 아랫도리가 쨍쨍 소리를 낸다. 물론이지. 동생들이 그냥 보고 있을까? 난 장남이야. 그만한 권한은 있어. 자신의 몸 안으로 내 아랫도리를 힘껏 잡아당기면서 말한다. 나, 꽃뱀 같지 않아? 호호호. 간드러진 웃음이 내 아랫도리를 외롭지 않게 만든다. 꽃뱀이라도 좋아. 테스토스테론이 그녀의 몸 안에서 들끓고 있다. 웃음소리가 가파르게 치솟는다. 오빠 좋아? 외롭지 않아. 정말 좋아? 외롭지 않은걸. 오빠 어머니는 가망 없을 거야. 그녀의 웃음 속에서 쨍쨍 소리가 점점 더 크게 울려 퍼진다. 어머니의 소리가 전혀 기억나지 않는다. 오직 체온 올라가는 소리만 침실을 채운다. 그녀의 몸 안은 따뜻하다. 끈적끈적하다. 외롭지 않다. 서로 비비는 마찰음이 퐁퐁 샘솟듯 퍼진다. 어머니도, 아내도, 아이들도, 그 누구도 그녀만큼 나를 향해 웃어주지 않았다. 내가 꽃뱀이라면 오빠는 어떻게 할 거야? 그녀는 당당하게 말하면서 나를 껴안는다. 상관없어. 우리가 아주 단단하고 뜨겁게 엉켜 있을 즈음, 스마트폰이 울린다. 그녀가 나를 밀치며 말한다. 오빠 폰이야. 급한 전화 같은데. 혹시 오빠 어머니가? 나는 찰거머리처럼 그녀에게 들러붙으면서, 안 돼! 떨어지면 안 돼! 하고 어린아이처럼 투정을 부린다. 스마트폰은 계속 울린다. 아직 죽음보다 더 무서운 외로움이 내 안에 남아 있다. 외로움을 그녀의 몸속으로 쏟아내야 한다. 그녀가 까르르 웃으며 말한다. 알겠어, 오빠. 내 아랫도리를 자신의 몸 쪽으로 깊이 밀착시킨다. 그녀의 까르르 웃음 안에서 소름 끼치는 소리가 더 크게 울린다. 스마트폰이 조용해진다.

3년 전 처음 만났을 때부터 그녀는 웃으면서 당당했다. 내 마지막 근무지였던 부평동 지점에서였다. 국제시장에서 조그만 액세서리 가게를 하고 있어요. 갑자기 보증금을 올려달라는 바람에 돈이 필요해서 그러는데 대출 좀 받을 수 있을까요? 그녀는 생글거리며 나를 빤히 쳐다봤다. 너무 예쁘게 웃는구나. 가슴이 찌릿했다. 대출 상담을 하고 있는데도 눈가나 입술의 치기 어린 웃음이 친근하게 느껴지며, 오랜만에 만나는 소꿉친구처럼 여겨졌다. 안 되는데요. 그렇게 쉽게 대출해드릴 순 없는데요. 나답지 않게, 장난스럽게 웃으면서 말을 건넸다. 그녀의 치기 어린 웃음은 재미있었다. 그 웃음은 무기력한 나를 톡톡 건드렸다. 나도 장난스런 웃음으로 스스럼없이 말을 이어갔다. 그녀는 담보대출도, 신용대출도 할 수 없었다. 그러나 나는 어느새 그녀의 웃음에 홀린 듯 신용대출 계약서를 그녀에게 내밀고 있었다.

그녀의 웃음은 그날 밤 내내 나를 설레게 했다. 외롭지 않은 불면의 밤이었다. 치기 어린 웃음이, 장난스런 말투가 계속 궁금해졌다. 나를 외롭지 않게 하는 웃음소리도 있구나 처음 느꼈다. 대출 절차가 끝난 후 고맙다며 저녁식사에 초대했다. 그녀에게서는 웃음소리만 들렸다. 우리는 오랜 친구인 양 어색하지 않게 얘기를 나눴다. 그녀의 치기 어린 웃음 따라 나 스스로도 놀랄 정도로 장난기 있는 말투가 내내 튀어나왔다. 2년 전에 이혼하고 혼자 독립해나가는 중이에요. 고등학교 때 교통사고로 부모님을 잃고 할머니 밑에서 자랐어요. 믿었던 이웃집 오빠와 결혼했는데, 후후…… 나보다 더 좋은 여자가 있었던 모양이죠. 다행히 두 번 낙태하는 바람에 아이는 없었지만. 내 나이 알죠? 대출 계약서 보면 알 테니까. 서른여덟에 이혼녀, 아직 슬퍼하기만 할 나이는 아니니까요. 스스럼없이 재미있게 그녀는 자신의 과거 얘기를 털어놨다. 그녀에게 전혀 쌩쌩거리거나 헉헉거리는 소리가 들리지 않았다. 이상했다. 그저 신기하게 웃는 소리만 들렸다. 나 역시 기러기아빠 신세를 장난스럽게 털어놨다. 허물없이 그녀에게 맞장구를 쳤다. 내 몸에서 나는 쌩쌩, 헉헉거리는 소리들이 너무 듣기 싫다면서 투정까지 부렸다. 2차로 포장마차까지 가서 소주를 입안에 톡톡 턴 후에는 집에 가고 싶지 않았다. 그녀는 내 심정을 알았는지 자기 아파트로 나를 데려갔다. 깔깔 웃으면서 바싹 말라버린 내 몸을 촉촉하게 적셔줬다. 나는 일생 처음으로 가장 진한 테스토스테론을 분비했다. 처음으로 밤이 뜨거울 수 있다는 것을 느꼈다.

다음 날 아침 그녀는 시래깃국을 차려줬다. 목구멍으로 넘어가는 시래깃국이 온몸을 따뜻하게 했다. 그러자 가슴에서 무언가 울컥 솟구쳐 오르면서 눈시울이 뜨거워졌다. 최 대리님, 그동안 굉장히 피곤했던 모양이에요. 며칠간 잠을 못 잔 사람처럼 얼마나 깊게 주무시던지. 숨소리가 들리지 않았다면 아마 죽은 줄 알았을 거예요. 그녀가 방실거리며 말했다. 어젯밤은 대출해주신 것에 대한 보답이에요. 무엇으로 보답할까 고민했는데, 최 대리님 얼굴에 외로움이 잔뜩 묻어 있더군요. 아니나다를까 최 대리님의 외로움이 굉장하더군요. 호호, 어때요? 외로움이 씻긴 몸이 홀가분하죠? 최 대리님, 어젯밤 한 번만이에요. 또 외로움을 씻어달라고 떼쓰면 안 돼요. 그녀의 아파트를 나서면서 아침 햇살에 환하게 출렁이는 바다를 봤다. 은빛 파도가 내 가슴을 찰싹찰싹 쳤다. 바닷소리를 편하게 받아들이고 싶어졌다. 불현듯 내 몸에서 나는 어머니의 소리를 없애고 싶어졌다. 내 몸에 더덕더덕 붙어서 밤마다 나를 괴롭혔던 불면증이 치유될 것 같았다. 무능하다는 아내의 잔소리가 가소롭게 여겨졌다. 내가 무능하다는 것은 아내의 욕심이 만든 허상이었다. 새롭게 앞날을 만들고 싶은 욕망이 생겼다. 마흔여섯에 은행을 명예퇴직했다. 마침 웨딩이 벤트 사업을 하는 고교 동기인 박진우가 동업을 제안했다. 사장이라 적힌 명함을 사용하게 해주겠다는 것이었다. 퇴직금으로 하기엔 적당한 사업이었다. 옆에서 그녀가 괜찮겠다고 부추겼고, 자신의 액세서리 가게를 이용해달라고 부탁했다. 결국 박진우와 동업을 결심했다. 그녀는 내게서 도움을 받을 때마다 영악하게 나의 외로움을 씻어주곤 했다. 나는 어느새 밤마다 그녀의 웃음을 찾는, 또 다른 불면증 환자로 변신했다.

사장이라 적힌 명함은 오래 사용할 수 없었다. 1년여 만에 신용불량자 딱지가 붙은 바지사장이 되어버렸다. 박진우가 만들어놓은 부도였다. 그때 진우에게서 쨍쨍 소름 끼치는 소리를 처음 들었다. 나는 이를 갈면서 한숨만 내쉬었다. 내 몸에서 빠져나오는 한숨 소리를 듣는 게 두려웠다.

허파와 심장, 그리고 온갖 근육들이 팽팽하게 부풀어오른다. 으악, 혼절의 소리가 외로움을 말끔히 씻어낸다. 그녀의 입술 사이로 피리 부는 듯한 소리가 새어나온다. 며칠간 외롭지 않겠지? 오빠, 함께 동업한다고 생각해요. 이자는 꼬박꼬박 갚을 테니까. 근데 일주일 안에 그 돈 준비할 수 있을까? 목젖에 걸려 있던 트림이 껙 하고 뚫린다. 내장 안에 웅크리고 있던 방귀가 펑 터진다. 온몸이 시원하게 뚫린 듯하다. 눈을 살짝 감았다 뜨면서 그녀의 입가에 간드러진 웃음이 그려진다.

걱정하지 마! 나도 동업한다고 생각하니까. 이자는 필요 없어! 어머니 비밀 통장은 나만 알고 있으니까. 요즘 부토니아 사업이 괜찮다더군. 쨍쨍. 나는 깜짝 놀라 그녀를 본다. 소리가 너무 크게 들린다. 그녀의 몸 안에서 다른 소리는 전혀 들을 수 없다. 너한테서도 쨍쨍 소리가 크게 나는구나. 놀라는 나를 그녀는 의아한 듯 바라본다. 오빠, 쨍쨍 이 소리는 누구에게나 다 나는 소리인걸. 여기 올 때마다 오빠에게 늘 들었어. 오빠가 몰랐을 뿐이지. 지금도 나보다 더 크게 소리가 나는데, 들리지 않아? 오빠는 이 소리를 너무 쉽게 잊어버려요. 세상에 깔린 게 이 소리잖아. 이 소리 없이 어떻게 세상을 살아갈 수 있어? 그녀는 담배 연기를 뿜으며 아메리카노 커피잔을 나에게 건넨다. 지금은 어머니도 잊고 나른하게 웃을 수 있잖아. 그녀의 말끝에 소름 돋는 소리가 묻어 있다. 그새 하늘엔 먹구름이 사라졌다. 노을이 오후 5시의 거실을 벌써 찾아든다. 노을은 그녀의 아파트를 곱게 물들인다. 추상화가 걸려 있는 벽, 소파와 탁자 같은 가구들, 텔레비전, 창가의 선인장 화분을 물들인다. 노을은 그녀의 웃음처럼 즐겁게 어둠으로 변한다. 나는 어둠으로 변해가는 노을이 두려웠다. 바싹 마른 몸으로 노을에 젖은 나의 아파트 문을 열기 싫었다. 노을 다음은 언제나 텅 빈 아파트 거실의 어둠이었다. 어둠은 바싹 마른 마음과 몸을 더욱 뒤틀리게 했다. 소화되지 않는 찬밥을 혼자

꾸역꾸역 입안에 집어넣어야 했다. 어머니가 2, 3일마다 와서 집 안 청소며 빨래를 하고 반찬을 만들어뒀지만, 어둠은 어머니의 온기마저 매몰차게 앗아갔다. 지금 나는 나른하게 소파에 기대어 커피를 마신다. 외로움은 전혀 느끼지 않으면서.

내 문자메시지 신호음과 그녀의 스마트폰이 동시에 울린다. 잠시 소곤대던 그녀가, 뭐라고? 만날 수 없다고? 투자자가 또 한 명 생겨서 곧 신장개업할 수 있어요 하고 크게 언성을 높인다. 귀에 익은 듯한 남자 목소리가 그녀의 스마트폰에서 흘러나온다. 박진우인가? 백 대리인가? 생각이 스치면서 문자메시지를 읽는다. 그녀 웃음이 아파트 안에서 싹 사라진다. 그녀의 얼굴이 울퉁불퉁 변한다. 그녀의 가슴에서 부글부글 끓는 소리가 들린다. 형님! 어디에 계십니까? 어머니가 정말 위독합니다. 빨리 응급실로 오세요. 그녀도 나도 함께 쨍쨍 소리가 두개골 밑바닥으로 사라졌다. 그렇게 시끄럽던 쨍쨍 소리들이 들리지 않는다. 나쁜 놈! 나를 버릴 작정이야! 부글거리는 그녀의 화난 목소리를 뒤로하고 급하게 아파트 문을 나섰다.

D대학병원 응급실로 가요! 택시를 타자마자 스마트폰이 울린다. 박진우에게서 걸려온 전화다. 개새끼야! 저절로 버럭 욕이 튀어나온다. 박진우가 능글맞게 낄낄거리며 말한다. 니가 개 같은 진 사장과 동업하기로 했냐? 돈은 어디서 생겼어?

니 엄마가 갑자기 죽기라도 했냐? 정수리에서 씩씩 화 뻗치는 소리가 난다. 부글부글, 가슴 들끓는 소리도 난다. 친구로서 하는 충고인데 진 사장 조심해라! 목소리가 녀석답지 않게 차분하게 가라앉는다. 개새끼야, 상관하지 마! 목구멍 깊숙이에서 거칠게 말이 튀어나온다. 개새끼라도 좋아. 나나 진 사장이나 너한테는 똑같은 잡종일 수 있지만, 그래도 나는 아직 우정이라는 찌꺼기는 남아 있어. 쯧쯧! 스마트폰에서 나를 동정하듯 혀 차는 소리가 들린다. 나를 비참하게 만드는 소리다. 나를 갖고 놀다가 싫증 나면 가끔씩 쯧쯧거린다. 일말의 동정심은 남아 있다는 듯이. 그 정도 불쌍한 인간밖에 되지 않느냐는 듯이. 쯧쯧 내뱉는 놈의 주둥이를 찢어버리고 싶다. 울화가 치밀어 오른다. 말할 수 없을 정도로 비참해진다.

녀석과 동업할 때부터 나는 녀석이 쳐놓은 덫에 걸린 먹잇감이었다. 녀석은 쩽쩽거리며 나를 조롱하듯 가지고 놀았다. 나는 왜 친구에게서 처음부터 쩽쩽 소리를 잘 들을 수 없었을까? 나 몰래 그녀와 들러붙었을 때도, 은행 비밀 통장으로 공금을 횡령했을 때도, 출자금이 더 필요하다고 했을 때도 나는 친구에게서 소름 끼치는 소리를 듣지 못했다. 멍청하게도 헉헉거리기만 하면 되는 줄 알았다. 너는 쌩쌩거리며 헉헉 소리만 크게 내면 세상일이 잘 풀릴 거라 알고 있더군. 너를 힘들게 하는 그런 소리만 어디서 배웠냐? 낄낄거리며 가소롭게 웃었다. 그런 소리들만 크게 나니까 마누라가 무능하다며 떠났지. 거의 매일 비웃듯이 뻔뻔하게 말했다. 개새끼라는 욕이 울화 때문에 목젖에서 막혀버린다. 지금부터라도 쨍쨍거리는 소리를 잘 내봐. 쯧쯧. 녀석의 혀 차는 소리가 스마트폰 신호음처럼 계속 들린다. 조심해! 녀석의 말이 끝나기 전에 스마트폰 뚜껑을 부서질 듯 쾅 닫았다. 겨우 개새끼라는 발음이 입술 사이로 새어 나온다. 기사님 담배 한 대 피워도 될까요? 예, 피우세요. 담배 연기 속으로 개새끼를 날려 보낸다. 그래도 아직 아랫도리가 나른하다. 그녀의 웃음이 내 온몸에 남아 있다. 쯧쯧 소리가 잊힌다. 이미 알고 시작한 그녀와의 동업이다. 외로움보다는 서로 쨍쨍거리는 소리를 들으며 만나는 것이 더 좋다. 내려진 택시 창문 틈새로 겨울바람이 기분 좋게 내 얼굴에 꽂힌다.

그렇게 요란하고 당당하던 어머니가 너무 조용하다. 꼴까닥, 마지막 한 소리만 남아 있다. 심전도도 조용하다. 응급실은 온갖 울음소리로 가득하다. 울어야만 어머니가 되살아나는 양 마냥 운다. 여동생들이 어머니를 계속 주무르며 엉엉 통곡한다. 제수가 어머니를 바라보며 흑흑 흐느낀다. 조카들이 할머니, 할머니 부르면서 찔찔거린다. 우는 소리조차 귀에 거슬린다. 당연하다는 듯 소름 끼치는 소리만이 내 몸 안에서 울린다. 외로움을 없애기 위해 악착같이 말이다.

제수들이 침대 옆에 시무룩하게 서 있다. 형님, 담당 의사가 산소호흡기를 뗄 것인지 가족끼리 의논하라고 하던데요. 남동생이 덤덤하게 나를 쳐다보며 말한다. 남동생 눈가에 전혀 눈물 자국이 보이지 않는다. 남동생에게서 쨍쨍 소리가 들린다. 허허, 별수 없군. 우리에게도 소름 끼치는 소리가 날 줄은 어머니도 몰랐을 거야. 아직은 안 돼. 큰 여동생이 갑자기 고함을 지른다. 어머니가 우리에게 할 말이 있을 거야. 마지막으로 들어봐야 해. 누님, 담당 의사 얘기 들었잖아요. 가망 없다고. 쨍쨍! 모든 울음이 뚝 그치면서 소름 끼치는 소리들이 나기 시작한다. 울고 있던 어린 조카들이 깜짝 놀라 어른들을 쳐다본다. 소름 끼치는 소리들이 어머니 옆에서 뻔뻔스럽게 울려 퍼진다. 응급실 안 울음소리를 귀찮은 듯이 내몰면서. 너는 치킨집 열면서 네 몫을 벌써 챙겼잖아! 나쁜 놈! 작은 여동생이 쨍쨍거린다. 이미 어머니는 가망 없어! 산소마스크를 떼자! 나는 으스스한 목소리로 더 크게 쨍쨍거렸다. 이 세상에서 어머니와의 흥정은 끝났다. 그때 어린 조카가 나를 빤히 보면서 말한다. 큰아버지가 소름 끼치게 웃고 있어. 무서워. 모두들 내 쪽으로 눈초리를 치켜세우고 고개를 돌린다. 안 돼! 어머니가 우리에게 할 말이 더 있을 거야. 형님! 우리 몰래 어머니 재산을 빼돌려놨습니까? 갑자기 남동생마저 쨍쨍거리며 나를 째려본다. 그들의 얼굴 표정은 상관없다. 그들과는 홍정할 것이 없다. 소름 끼치게 웃고 있으면 된다. 이미 남남이 된 목소리들이 응급실 안에서 커져간다. 어머니의 소리는 우리들에게 잊혀졌다. 나는 어머니에게서 산소마스크를 떼어냈다. 어머니는 이 소름 끼치는 소리를 듣고 싶지 않을 것이다. 식구들이 나를 힘껏 밀친다. 징이나 꽹과리가 울리듯 응급실 안에 점점 소리가 커져갔다. 쨍쨍쨍……!

올가미

13층 특별병동. 그곳에서는 크레졸이나 포르말린 같은 살균제 냄새가 다른 병동보다 더 지독하게 코를 찌른다. 그 냄새들은 병동 구석구석을 하마처럼 휘젓고 다니며 가구나 침구류 등을 표백한다. 또한 햇빛조차 새하얗게 만들어버린다. 살균제 냄새는 어떠한 소리라도 재빠르게 흡수해버린다. 발걸음 소리조차 흔적 없이 삼켜버린다. 이 병동을 걸어 다니는 사람은 살균제 냄새가 요구하는 몇 가지 표정만 지어야 한다. 환자든, 의사나 간호사든, 환자 가족이든 예외는 없다. 피에로처럼 슬프게 웃는다든지, 독감 걸린 배우가 겨우 대사를 외우는 것처럼 말한다든지, 훈련소 신병처럼 군기 든 표정을 지어야 한다든지 등. 이 냄새는 쓸데없는 헛심을 부리고 다닌다.

나에겐 전혀 소용없다. 이따위 살균제로 나를 특별병동에서 내쫓을 수는 없다. 살균제로는 중환자들 검버섯 냄새만 살짝 없앨 수 있을 뿐이다. 냄새는 내가 키우는 곰팡이 속으로 쉽게 흡수되어버린다. 나는 마음껏 냄새를 마시며 1309호 흰 벽면을 따라 느긋하게 움직이고 있다. 이따위 자질구레한 것들에 아랑곳없이 그만을 바라본다. 그 역시 나만을 바라본다. 그는 내 소리에 귀를 쫑긋 세우기도 하고 나를 보면서 앙상하게 웃기도 한다. 가끔 나를 잡고 싶어서 바싹 마른 손가락을 허우적거린다.

하지만 난 그와 떨어져 있어야 한다. 아직 그의 손을 잡으면 안 된다. 아니, 그를 만지고 싶지 않다. 그가 눈치채지 못하게 올가미를 뒷주머니에 숨긴다. 소리 나지 않도록 조심해야 한다. 그는 요즘 대상포진 때문에 매우 예민해져 있다. 그가 겪고 있는 통증을 잘 알고 있다. 어쩔 수 없다. 우리가 그들에게 주어야 하는 체벌이다. 난 차마 그에게 치매나 폐암 같은 체벌을 주고 싶지 않았다. 대상포진이나 천식, 만성 신부전증 정도가 무난했다. 오랫동안 그와 함께 다정하게 얘기 나누고 싶기 때문이다. 오늘따라 눈두덩이 쑥 꺼진 눈동자로 나를 애타게 쳐다본다. 핏기 없는 볼에 웃음이 번진다. 바싹 마른 그의 입술이 오물거린다. 희미하게 띄엄띄엄 말들이 새어나온다. 사랑한다고. 사랑하고 있다고. 얼마나 오랜 세월

동안 듣고 싶었던 말인가! 하지만 나로서는 못 들은 척할 수밖에 없다. 나 역시 그를 너무너무 사랑하고 있으니까.

그가 내 짝사랑을 받아들인 것은 겨우 3년 전이다. 11월 갑작스레 기온이 떨어진 아침나절, 그에게 급성 당뇨로 인한 저혈당 쇼크가 왔을 때였다. 나에게는 임무를 완수할 수 있는 절호의 기회였다. 하지만 짝사랑에 대한 미련 때문에 망설이다가 올가미를 던지지 못했다. 그사이에 약삭빠른 그의 아들이 응급처치로 그의 숨을 되살려놨다. 볼에 핏기가 돌며 눈을 뜨자 그는 맨 먼저 회색 벽지에 숨어 있던 나를 찾았다. 물론 내가 어디에 있는지 빤히 알고 있었겠지만 딴청부리며 모른 체하고 있었다. 그가 처음으로 은근하면서도 따뜻하게 나를 바라봤다. 그때 내 마음의 떨림을 어찌 말로 다할 수 있을까? 긴 세월 짝사랑은 나에게 고통이었다. 그의 따뜻한 눈길에 올가미를 멀리 내던지고 싶은 심정이었다. 동료들은 임무를 완수할 절호의 기회를 놓쳤다고 걱정해줬다. 하지만 나는 마냥 기뻤다. 우리 사이에 운명이라 할 수 있는 신파극이 벌어졌다. 얼마간 그는 아들 눈치를 살피며 나를 힐끔힐끔 곁눈질로 봤다. 잠시 머뭇거리더니 나에게 손짓을 했다. 곁으로 오라는 손짓이었다. 서로가 매우 어색했다. 일생 동안 나를 두려워하며 미워했던 마음을 순식간에 깨끗이 씻어낼 수는 없다. 나역시 내 임무를 잊어버리고 그의 곁으로 선뜻 갈 수는 없었다.

어색한 분위기는 좀처럼 사라지지 않았다. 서로 탐색하듯 눈길이 오갔다. 증오로 치켜 올라갔던 그의 눈초리가 버들가지처럼 부드럽게 변했다. 도저히 참을 수 없었던지 어둔한 목소리로 자기 곁으로 와달라고 말을 건넸다. 자기 곁에 와서 얘기를 나누자면서, 그동안 모른 체하고 미워해서 미안하다면서, 이제부터라도 나와 사귀고 싶다며 띄엄띄엄 한마디씩 했다. 수줍은 눈길을 나에게 보냈다. 머뭇거리다가 슬그머니 그의 곁으로 다가갔다. 그러나 그의 몸은 만지지 않았다. 항상 일정한 거리를 두고 머물렀다. 그때부터 그는 나를 알기 위해 소곤소곤 이야기를 나누기 시작했다. 올가미는 전혀 눈치 못 채게 뒷주머니에 단단히 숨겼다. 그는 차츰 수다스러워졌다. 언제부터 왜 자신을 짝사랑하게 되었는지 물어왔을 때 나는 무척 당혹스러웠다. 76년 전부터라고 솔직하게 말을 해야 할지 망설여졌다. 결국 망설임으로 끝내야 했다. 대답할 수 없는 운명적인 만남인 것이다. 운명적으로 얽힌 그와의 만남을 나 홀로 슬프게 받아들일 수밖에 없다. 70여 년간 나의 가슴앓이는 얼마나 우여곡절이 많았던가?

경주 보문단지가 벚꽃으로 가득 덮인 날, 이창환과 김명자 두 사람은 신혼여행을 와서 현대호텔에 이틀간 머물렀다. 그때가 76년 전이었고 내 짝사랑이 시작되었다. 엄마의 아랫배

속은 촉촉했고 아빠의 아랫도리는 단단했다. 지옥훈련을 마친 나에게 첫 임무가 떨어졌다. 경주 보문단지 현대호텔에 19××년 4월 10일 20시까지 도착해서 밀봉된 지령대로 임무를 수행하라는 것이었다.

그들은 나한테는 없는 붉은 액체를 가졌다. 난 붉은 액체가 신기했다. 만져보고 싶었다. 하지만 우리는 붉은 액체를 절대 만질 수 없었다. 그것이 우리의 운명이다. 붉은 액체는 항상 따뜻했다. 붉은 액체는 두 사람을 쉴 새 없이 움직였다. 붉은 액체가 두 사람의 몸 안에서 태풍처럼 휘몰아치는 동안 그가 만들어졌다. 난 그의 실낱같은 첫 마음 소리를 들을 수 있었다. 마음 소리는 내 등 뒤에서 일으키는 매서운 칼바람 소리도 아니었고, 하늘에서 휘몰아치는 노도 같은 태풍 소리도 아니었다. 마음 소리는 끊어질 듯 끊어질 듯하면서 가냘프게 이어지는, 깊은 산속 샘에서 퐁퐁 솟아나는 맑은 샘물 소리 같았다.

내 귓속으로 마음 소리가 파고들수록 신비스러움은 예측할 수 없이 커져갔다. 어떻게 저런 아름다운 소리가 있을 수 있을까? 어떤 악기로도 소리 낼 수 없는 멜로디다. 그의 마음 소리에 나는 중독되었다. 마음 소리는 하루하루 엄마의 자궁 속에서 커져갔다. 소리가 커질수록 그는 얼굴이 만들어지고 사지와 몸통이 만들어지면서 엄마의 자궁에서 꼬물거리기 시작했다. 엄마를 담당한 선배가 몇 번이나 엄마에게 올가미를 던지려고 시도했다. 난 조마조마했다. 그렇다고 선배를 말릴 수도 없었다. 초조해하는 나를 힐끗 보더니 선배가 씩 웃었다. 그러더니 10개월을 기다려줄 테니 안심하라고 의미심장한 말을 던졌다. 난 마음 소리를 즐겨 듣는 재미로 하루하루를 보냈다.

10개월이 지났다. 늦겨울 눈보라가 거리를 휘젓고 다니던 2월 어느 날, 엄마는 아빠의 부축을 받으며 집 근처 산부인과 병원으로 허둥지둥 걸어 들어갔다. 선배는 올가미를 손에 꽉 쥐었다. 엄마의 진통 소리가 커질 때마다 선배는 올가미를 던질 자세를 취했다. 나도 나의 새 올가미를 손에 쥐고 바라봤다. 코브라처럼 징그럽다. 우린 임무를 수행하기 위해 병실 흰 벽 속에 숨어 있었다. 병실 풍경은 재미있었다. 여러 사람이 뒤죽박죽 허둥대는 모습들이 코미디 영화처럼 우습게 펼쳐졌다. 땀을 흘리며 럭비 선수처럼 긴장한 산부인과 의사, 그 옆에 초조하게 홍조를 띤 채 서 있는 간호사들, 숨넘어갈 듯 고함을 지르는 산모, 수술실 밖에서 웅성거리는 남편과 가족들.

아기가 자궁 밖으로 나오려고 용솟음칠 때마다 엄마의 골반이 열렸다가 닫히기를 반복했다. 아기는 여러 번 용솟음쳤다. 엄마가 목젖이 찢어질 듯 고함을 질렀을 때, 아기는 럭비 공처럼 힘차게 자궁 밖으로 튀어나왔다. 아기는 그들이 말하는 속세라는 곳에 태어난 것이다. 아기는 야들야들 눈이 부셨다. 아기의 뽀얀 살결이 햇살에 보송보송 빛났다. 아기의 팔과 다리가 새싹보다 더 파릇파릇하게 꿈틀거렸다. 아름답고 놀라운 광경에 나는 멍해졌다. 아기의 온몸이 붉은 액체나 양수로 뒤범벅되어 있을 뿐만 아니라 아기의 몸속에서도 붉은 액체가 깊은 산속 샘물처럼 흐르기 시작했다. 아기에게 들은 두번째 소리는 울음이었다. 갑자기 아기의 입에서 울음이 터져 나왔을 때 깜짝 놀랐다. 내 귀를 찌르는 울음소리는 진군 나팔 소리보다 높았고 사자후보다 우렁찼다. 그러나 울음소리는 많은 수수께끼를 품고 있는 듯했다. 선배는 놀라는 내 얼굴을 보면서 그들은 울어야 한다고 말했다. 울음은 우리들에 대한 방어 태세인 것이다. 그러나 나는 내가 가질 수 없는 아기의 울음과 모습이 부러웠다. 가족이나 친지들은 아기가 운세 좋은 용띠 사주를 갖고 태어났다면서 기뻐하며 야단법석이다. 그래서 이름도 클 태(泰), 용 용(龍)의 태룡이라 지었다. 우리는 그들이 떠들썩하게 잔치하는 꼴을 싸늘하게 웃으며 바라봤다.

그는 나와 이야기하는 중에 힐끔힐끔 내 손이나 뒷주머니 쪽으로 시선을 던진다. 보름 전부터 그런 낌새가 느껴졌다. 그가 무엇을 찾으려 하는지 알고 있다. 그가 알지 못하도록 매우 조심스럽게 뒷주머니 깊숙이 올가미를 쑤셔 넣는다. 지금까지 들키지 않으려고 부단히 애썼다. 올가미만은 보여준 적이 없다. 아직 보이고 싶지 않다. 그는 차마 나에게 올가미에 대해 물어보지 못한다. 가끔 너희 동료들은 올가미를 갖고 있던데…… 넌지시 물어보면서 내 눈치를 살핀다. 난 모른 척 웃어버린다. 올가미뿐만 아니라 요즘 들어 부쩍 그는 내게 말을 시키고, 나를 안고 싶어 안달이다. 때때로 그는 깜짝 놀랄 정도로 순식간에 내 손을 잡으려 한다. 나는 놀라서 재빠르게 그에게서 멀리 떨어진다. 내 그림자 밖으로 그를 밀어낸다. 올가미도 보여주지 않고, 손도 잡지 못하게 하고. 왜 그러냐? 예전과 달리 지금은 사랑하고 있는데…… 그의 앙상한 눈동자에 애걸하듯 사랑이 담겨 있다. 그럴수록 칼날 같은 괴로움이 가슴을 죄어온다. 내 손길이 뒷주머니로 가려다가 스스로 놀라 멈칫한다. 올가미를 보여주고 싶다. 코브라보다 더 징그러운 올가미를. 또 그를 껴안아주고 싶다. 하지만 고통스러웠던 짝사랑을 아름답게 끝내기 위해서는 좀더 시간이 필요하다.

그에게 들은 세번째 소리는 웃음소리였다. 엄마랑 아빠는 까꿍 까꿍 어르면서 마냥 웃었다. 아기는 엄마와 아빠를 따라 처음에는 소리 없는 웃음을 흉내 냈다. 해맑은 아기 얼굴에 웃음이 무지개처럼 아롱다롱 소리 없이 퍼졌다. 천진난만한 웃음이었다. 마음을 즐겁게 만드는 묘약이었다. 방긋방긋 웃는 얼굴이 나를 얼마나 설레게 하던지! 아기는 웃으면서 엄마, 아빠와 사랑을 나누기 시작했다. 사랑을 위해 아기는 재롱을 부렸다. 재롱을 부리며 웃음소리가 터져 나왔다. 까르르 웃는 소리는 울음과 달리 달콤한 아이스크림을 핥는 기분이었다. 웃음소리는 모두의 마음을 기쁘게 만들었다. 또한 아기는 재롱을 부려야 한다는 것도 알게 되었다. 재롱을 많이 부릴수록 웃음소리는 더 커져갔다. 웃음이 커질수록 많은 사람들이 아기를 더욱 많이 사랑했다. 나 역시 예외는 아니었다. 아기의 웃음소리는 내 가슴을 나른하게 만드는 노래였다.

얼빠진 내 얼굴을 보더니 선배가 걱정스럽게 말을 던졌다. 그들의 웃음소리는 그들만의 사랑을 나타내는 재롱이야. 웃음소리 속에 독이 있을 수 있으니 그 독소에 중독되면 안 돼! 웃음 속 독소에 쏘이면 그때부터 괴로움이 시작되니까. 천진난만한 웃음만 보도록 하렴. 선배의 충고는 그저 귓가를 스쳐 지나갈 뿐이었다. 순진한 웃음에 중독되어 내 임무를 잊어버릴 정도로 짝사랑은 암처럼 커져갔다. 그런 나를 보며 선배는 안타까워했다.

그러나 나도 선배 충고처럼 예외가 될 수 없었다. 그에게 여동생이 생겼을 때 잊었던 비밀 지령이 기억났다. 그도 예외는 아니었다. 그가 거짓말을 배우리라고는 전혀 생각지 않았다. 그가 거짓말을 배우는 것을 원치 않았다. 그는 나를 위해 거짓말을 해서는 안 된다고 믿었던 것이다. 왜냐하면 내가 그를 지독하게 짝사랑하기 때문이다.

어느 날 갑자기 그의 거짓말을 눈썹과 눈동자에서 보았다. 부드럽고 아담한 눈썹이 실지렁이처럼 꿈틀거리다가 일자로 뻗곤 하는 습관이 눈에 띄었다. 그 자신도 모르게 순간적으로 찡그렸다. 나는 무심코 찡그린 눈썹을 보고는 깜짝 놀랐다. 눈가에 잔주름이 살짝 지어지면서 눈동자에 그늘이 만들어졌다. 섬뜩했다. 그런 습관은 그에게 여동생이 생겼을 때 처음 나타났다. 홀로 독차지했던 따뜻한 엄마의 젖가슴을 여동생이 차지해버린 것이다. 모든 사람들이 여동생에게만 관심을 보이며 웃고 즐거워했다. 그는 외로움을 느꼈다. 그는 사랑을 다시 찾고 싶은 마음에 억지스럽게 재롱을 부렸다. 웃음 속에 욕심 사나운 표정이 어릴 때가 많았다. 주위에 아무도 없으면 여동생을 마구 꼬집어 울려놓곤 했다. 누군가 나타나면 방금 지렁이처럼 꿈틀거렸던 눈썹을 가지런하게 되돌려놨다. 아무도 눈치채지 못하게 거짓 표정을 짓기 시작했다. 따돌림을 당하지 않기 위해 사람들의 행동 중에서 가장 쉽고 편한 것부터 흉내 내기 시작했다. 그것이 거짓말이었다. 그는 거짓말에 재미를 느꼈다. 또한 거짓말을 즐기기 시작했다.

나는 배신감을 느꼈다. 그가 거짓말을 많이 할수록 내가 좋아하는 그의 표정들은 없어졌다. 나는 비참했고 몰골은 형편

없이 흉측해졌다. 나는 갈팡질팡 헤맸다. 결국 지령대로 운명적인 임무를 수행해야 하는 것이다. 선배는 내게 시범을 보이듯이 올가미를 코브라처럼 매섭게 아빠 목에 던졌다. 아빠의 몸속을 흐르던 붉은 액체가 멈췄다. 붉은 액체는 시커멓게 굳어갔다. 사람들은 심장마비라고 떠들었다. 아빠는 동태처럼 되어 땅속에 묻혔다. 그때 그는 아직 나의 정체를 전혀 모르고 있었다. 그는 여섯 살이었다.

침대 옆 탁자 위에 그의 인생이 담긴 사진 한 장이 놓여 있다. 그가 입원했을 때 막내딸 혜영이가 가족들이 옆에서 항상 지키고 있다는 것을 느끼게 하려고 갖다놓은 것이다. 그의 칠순 잔치 때 찍은 가족사진이다. 사진 속에 그의 보람이자 인생이 소담하게 담겨 있다. 세월을 편안하게 포용하듯 환하게 웃고 있는 그의 모습. 그가 이끌고 온 13명의 가족이 그의 웃음을 닮아가고 있었다. 사진 속 풍경만으로는 그가 인생을 성공적으로 살아온 것처럼 보인다. 그러나 그는 사진을 찬찬히 바라보더니 사진을 찢어버리고 싶다고 말했다. 화목해 보이는 저 풍경은 단지 사진에 불과하다며.

나와의 사랑이 깊어질수록 병실 표정은 어수선해진다. 의사나 간호사들은 수시로 병실을 들락거리며 그를 여러모로 검사한다. 심전도를 측정한다든지, 체온과 혈압을 잰다든지,

채혈을 해서 혈액검사를 한다든지 하면서. 산소호흡기가 그의 얼굴에 씌워지고 몸 구석구석에 링거 병과 연결된 여러 개의 주삿바늘이 꽂힌다. 사진 속 가족들이 한 명씩 병실로 모여든다. 가족들은 그를 보고 안절부절못한다. 그들의 얼굴이 걱정 때문에 침울해진다. 막내딸은 그를 붙들고 대성통곡까지 한다. 하지만 그들의 눈초리만은 서로를 감시하는 듯 예리하게 번뜩인다. 그는 긴 한숨을 쉰다. '당신은 이미 우리 집안 사정을 잘 알고 있지?' 하는 표정으로 나를 바라본다. 그의 짐작대로 나는 알고 있다.

이름이나 팔자 좋은 사주대로, 비록 여섯 살에 아버지가 돌아가셨지만 그의 인생은 그럭저럭 운 좋게 잘 풀렸다. 양평 시골구석에서 홀어머니 아래 고생스럽게 유년기를 보냈지만 수재라는 소리를 들으며 동네의 자랑거리가 되었다. 웃음 섞인 거짓말을 꽤나 잘하는 것도 그의 타고난 재주일 것이다. 그의 재능을 아깝게 여긴 동네 유지 덕분에 서울의 명문 고등학교에 다닐 수 있었다. 물론 동네 유지의 음흉한 계획은 그가 S대학교 경영학과를 졸업하고 공인회계사 자격증을 따자 곧바로 드러났다. 마치 당연한 수순대로 그 유지의 딸과 결혼하게 된 것이다. 요즘 텔레비전에서 볼 수 있는 막장 드라마처럼 홀시어머니와 며느리 간의 갈등은 최악으로 치달았고, 1남 1녀를 낳고는 15년 만에 이혼하고 말았다. 살아 있는 가족 중에 사진에서 유일하게 빠진 사람이 첫 아내다. 그는 재혼을 했고 2남 1녀의 자식을 또 얻었다. 사진 속에 함께 있을 수는 없지만 그가 진정 사랑했던 여자와의 사이에 딸이 하나 있다. 대성통곡하는 막내딸이다. 누가 봐도 복잡한 가족 관계였다. 그는 늘 영악스럽게 웃으면서 더러운 가정을 숨겼다. 당당하게 부와 명예를 움켜쥔 저명인사로 행세했다. 출세한 촌놈의 전형적인 롤모델이었다. 다복한 가정을 이루었다고 주위에서 추어주지만 사진에서처럼 가족들이 웃는 모습을 본 적이 없었다. 가족들은 그의 창백한 얼굴과 심전도만 바라보고 있을 뿐 그들의 마음은 기기묘묘하다. 가끔 서로서로 비밀리에 소곤거린다. 그는 맥빠진 듯 혀를 차면서 사진을 찢어야겠다고 중얼거린다.

고등학교 2학년 겨울방학 때 그는 남한강 갈대숲에서 우리를 처음 봤다. 가끔 우리 이야기를 듣곤 했지만 그때까지 우리에게 관심도 없었고 우리를 대수롭지 않은 존재로 여겼다. 교회 중고등부 야유회를 남한강변으로 갔다. 평소에 말도 없고 얌전하던 정아가 그날따라 남한강 삭풍 속에서 활발하게 뛰어놀았다. 그녀의 붉은 가죽점퍼만이 나비처럼 강바람에 너울거렸다. 춤을 추듯 아름다웠다. 그런데 삭풍에 너울거리던 붉은 가죽점퍼가 갑자기 사라져버렸다. 그는 휘몰아치는 강바람 속에서 순간적으로 고요함을 봤다. 전율이 느껴지는 고요함이었다. 갈대숲 속에서 붉은 점퍼를 발견했을 때 붉은 점퍼는 적막함에 묻혀 있었다. 그들은 거센 강바람을 전혀 느낄 수 없었다. 그는 내 동료가 그녀에게 던진 징그러운 올가미를 언뜻 보았다. 또한 내 동료가 정아의 얼을 빼앗아 갈대숲 속으로 사라지는 것을 보았다. 그는 한동안 넋 빠진 얼굴로 마냥 서 있었다. 나는 그에게 들키지 않으려고 갈대 그늘 속으로 재빨리 숨어버렸다. 그는 나를 생각조차 하지 않았다. 그는 며칠을 앓았는데, 근육이 경직되고 안색이 시퍼렇게 변했으며 놀란 눈동자에 거친 숨소리만 내뿜었다. 한 달이 넘도록 그는 올가미와 붉은 점퍼가 어른거리는 바람에 불면증에 시달려야 했다.

그는 우선 아버지의 죽음에 대해 궁금증을 가지더니, 점점 내 존재에 대해 궁금해하기 시작했다. 불면증으로 벌게진 눈동자로 나를 찾기 위해 사방을 두리번거렸다. 느긋하게 있을 수 없었다. 나 역시 들키지 않으려고 숨을 만한 장소로 민첩하게 움직여야 했다. 그는 집요했다. 몇 개월 동안 책을 읽으며, 남들 이야기를 들으면서 우리의 정체를 알아내려고 애썼다. 그의 곁에 내가 있어야 한다는 것을 받아들이기까지 4, 5개월이 걸렸다. 그는 나를 받아들이기가 힘든 모양인지 몹시 괴로워했다. 불면증으로 이상하게 행동하기도 했다. 그의 뇌리에는 오로지 나에 대한 의혹만 퍼즐게임보다 더 복잡하게 얽혔다. 나에 대한 추적은 끈질겼다. 한시도 한눈을 팔지 않았다. 내 모습을 보기 위해 시뻘건 눈동자를 예리하게 움직였다. 나는 박쥐처럼 칠흑 같은 어둠 속으로 숨어 다녔다. 그는 지치지도 않았다. 오히려 내가 먼저 지쳤다. 결국 회색 벽 속에서 쉬고 있을 때 번갯불처럼 번쩍이는 그의 눈초리에 들켜버리고 말았다. 그는 내 모습을 보더니 식은땀을 흘리고 온몸을 부르르 떨면서 절망적인 표정을 지었다. 나는 매우 당황스러웠다. 붉은 액체 없이 회색 그림자만 덩그러니 가진 내 모습이 민망했다. 숨을 겨를이 없었다. 그는 찬찬히 나를 훔쳐보았다. 그는 곧 체념하는 듯한 얼굴이 되었다. 첫 대면치곤 무난한 듯했다. 무슨 의미인지 침을 하늘 쪽으로 내뱉었다. 며칠을 계속 그와 숨바꼭질하듯 쫓기고 숨으면서 지냈다. 비록 짝사랑이었지만 난 행복했다. 그는 차츰 나에게 적개심을 보였다. 나날이 흥미와 호기심을 잃어가면서 나를 쓰레기처럼 취급하기 시작했다. 이왕 들킨 바에 그의 눈앞에서 살랑거려 보았지만, 날 거들떠보지도 않았다. 슬펐다. 그의 센 사주 때문에 어쩔 수 없었다. 그때 비록 짝사랑이지만 처음으로 배신감을 느꼈다. 그는 나의 존재는 아랑곳없이 며칠간 깊은 잠에 빠졌다. 그러고는 잠에서 깨어나더니 태연히 일상으로 돌아가서 또다시 웃음 섞인 거짓말을 능청스럽게 했다. 거짓말하는 재미에 빠져 나를 까마득히 잊어버린 듯했다. 붉은 액체가 그의 몸을 가장 뜨겁게 만들 때였다.

그는 만찬을 준비한다. 깜짝 놀라는 내 얼굴을 보더니 오늘 꼭 같이 먹고 싶다면서 함박웃음을 짓는다. 모처럼 보는 웃음이다. 거절해야겠다는 내 표정을 읽었는지 다시 한번 크게 웃는다. 사람들이 만찬을 준비할 때 네 마음도 단단히 준비해야 한다는, 동료들이 했던 말이 기억난다. 오늘 꼭 해야 하냐고 넌지시 묻자 이 병실에 온 지도 반년이 넘어간다면서 가족들 얼굴이 점점 더 흉측하게 변하는 게 역겹단다. 꼴 보기 싫단다. 이왕이면 보름달 뜨는 날 하자는 내 말은 들은 척도 하지 않고 즐거운 듯 콧노래까지 부르면서 식탁 위에 우리만의 음식을 차리느라 바쁘다. 꽃병을 가운데 두고 과일, 주스, 케이크 등등이 자리를 잡는다. 병실 구석구석에 있던 것들이 식탁 위로 예쁘게 옮겨진다. 마음의 준비를 단단히 해야겠다. 나는 백랍초 두 개를 준비했다. 촛불은 만찬에 응하겠다는 나의 화답이다. 식탁 좌우측에 각각 한 개씩 경건하게 백랍초를 놓는다. 촛불에 비친 내 모습을 뚜렷하게 볼 수 있을 것이다. 얼마나 놀랄까? 항상 어둠 속에서 서로 힐끗힐끗 봐왔으니까. 오늘따라 그는 정갈하다. 그는 의자에 살포시 앉는다. 난 백랍초에 불을 켠다. 촛불에 비친 나를 뚫어지게 바라본다.

깊게 숨을 들이쉬면서 또다시 함박웃음을 짓는다. 아름다워, 너의 모습이 너무 아름다워. 진작 너의 아름다운 얼굴을 똑똑히 봤어야 했는데…… 그랬으면 너를 일찍부터 사랑했을 것이고 좀더 빨리 너의 품에 편안하게 안길 수 있었을 텐데…… 철부지처럼 왜 너를 피해 다녔는지. 씁쓰레한 표정으로 말끝을 흐린다. 뒷주머니에 숨겨진 올가미를 만져본다. 차디찬 감각이 손끝에 느껴진다. 그렇게 사랑하면서 아직 너의 이름조차 모르고 있었군. 미안한 듯 입가에 잔 여울이 진다. 내 이름은 먹구름. 그의 눈을 응시하며 한마디씩 또박또박 말을 한다. 그는 내 이름을 창백한 입술로 다시 한번 되새긴다. 나도 다시 한번 올가미를 몰래 꽉 쥐어본다.

그의 단짝친구가 군대 유격훈련 중 올가미에 걸렸을 때부터 그는 나를 피하기 시작했다. 차라리 모른 체할 때는 슬프긴 해도 외롭지는 않았다. 그때 이후로 그의 곁에 살짝 얼씬거리기만 해도 나를 혐오스럽게 바라보았다. 그러곤 도시 빌딩 속으로 숨어버렸다. 매일매일 새로운 빌딩이 생기면서 도시는 미로처럼 복잡해졌다. 나는 도시 속 빌딩숲에서 그를 찾아 헤맸다. 빌딩들은 하늘을 찌를 듯이 무섭게 높아만 갔다. 나는 정신없을 정도로 빠르게 변하는 도시에 적응하기 힘들었다. 그는 도시 그림자에 묻혀 도저히 찾을 수 없었다. 그는 나를 조롱이나 하듯 빌딩 사이사이로 교묘하게 피해 다녔다. 나는 네온사인 불빛에 눈이 부셔 피곤했다. 서울이란 도시는 그를 찾기엔 너무 크고 복잡했다. 그는 서울의 네온사인 속에서 마음껏 즐기고 있었다. 그가 그리웠다. 그가 보고 싶었다. 또한 증오스러웠다. 나는 짝사랑에 병든 스토커가 되어버렸다. 꼴사나운 몰골로 여기저기 구석구석 헤매고 다녔다. 그에 대한 지독한 사랑 때문이었다.

  은행 지점장이었던 그의 선배가 내 동료의 올가미에 목이 매였을 때, 나는 그를 겨우 찾을 수 있었다. 그는 조문객 중에 숨어 있었다. 그는 나를 보자 저주스런 눈길을 한 번 보내고는 모른 체했다. 그는 깜짝 놀랄 정도로 거만해져 있었다. 나를 쓰레기처럼 취급했다. 내가 그의 곁으로 다가가자 튼튼한 팔다리로 나를 매몰차게 내몰았다. 그는 예전의 그가 아니었다. 나를 잊을 만큼 빌딩 그림자 속 게임에 푹 빠졌다. 그의 웃음은 호탕하다 싶을 정도로 일가견을 갖게 되었다. 그래서 그는 거짓 가득한 웃음으로 빌딩 그림자 속 게임에서 쉽게 이길 수 있었다. 자기 멋대로 호통칠 수 있는 사람이 수천 명에 달했다. 주머니 속 지갑은 달마다 바뀌는 그의 명함들로 항상 두툼했다. 명함 크기도 그의 직함이 늘어나면서 점점 커져갔다. 또한 스마트폰엔 소위 저명인사들의 전화번호가 100개 정도 저장되어 있었다. 그는 상류층 인사로서 늘 거들먹거렸다. 그의 앞에서 난 너무 초라했다. 나는 비참해졌다. 슬프고 우울했다. 나는 가끔 올가미를 휘둘러봤다. 그도 올가미 바람 소리에는 어쩔 수 없었다. 그의 얼굴에 두려움이 스치곤 했다. 그가 가진 명함 수만큼 올가미 바람 소리는 쌩쌩거렸다.

주변에 올가미에 걸리는 사람이 많아지자 그는 갑자기 변신하기 시작했다. 내가 알아볼 수 없게끔 그는 얼굴부터 바꿨다. 시커멓던 얼굴이 희멀겋게 변했다. 눈자위가 두툼해지면서 양쪽 볼이 처지고 개기름이 번질거렸다. 머리카락이 빠지면서 이마가 넓어졌다. 뱃살은 비대해지고 걸음걸이 또한 팔자형으로 되었다. 내가 사랑했던 순진무구한 모습은 어디에서도 찾아볼 수가 없었다. 몹시 애달팠다. 가슴을 치며 혼자서 애증을 삭혔다. 그의 변신은 계속됐다. 그리고 다양해졌다. 허리가 비대해졌다가 홀쭉해지기도 하고 얼굴에 여러 가지 주름이 만들어졌다. 목소리도 시건방진 콧소리로 바뀌었다. 나도 스토커답게 그를 바쁘게 쫓아다녔다.

그의 어머니가 한겨울 언덕 계단 눈길에 넘어지면서 올가미에 걸렸을 때 우리에 대한 복수심 때문에 그의 눈초리는 우리보다 더 흉측하게 추켜올라갔다. 우리에게 복수할 음모를 세우기 시작했다. 그의 음모는 어처구니없는 짓거리였다. 우리가 보기엔 발악이라 할 수 있었다. 그는 여러 사람을 모았다. 그는 그들과 함께 우리에게 복수할 계략을 세웠다. 그들의 쑥

덕공론은 시끄럽기만 했다. 그들은 쑥덕공론 끝에 절이나 교회를 세웠다. 그들의 절이나 교회는 점점 높아졌다. 우리를 위협하듯 거대했다. 그들은 절이나 교회 안에서 우리에게 대항할 수 있는 그들만의 부적을 만들었다. 그들은 부적을 믿고 우쭐대기 시작했다. 하지만 그따위 것들로 우리에게 복수할 수는 없었다. 나는 안타까웠다. 차라리 내 사랑을 받아들이면 더 빨리 편해질 수 있을 텐데. 서로 너무 피곤한 소모전만 할 뿐이었다.

만찬이 끝날 때쯤 그는 가슴속에 품어둔 말이 있다고 했다. 그가 정중하게 고마웠다고 뜻밖의 말을 한다. 눈시울이 뜨거워진다. 그의 입안에서 나는 허구한 날 질겅질겅 씹혔다. 대단한 입심으로 나를 조롱했다. 별것 아닌 놈이야. 그 말까지 그의 입에서 나왔다. 차라리 버림받는 것이 무시당하는 것보다 나을 것이다. 그가 기고만장하게 나를 무시하던 중년일 때나도 오기가 났다. 비록 스토커처럼 따라다녔지만, 저승사자로서의 자존심은 있었다. 동료들은 위로는커녕 야유로 나를 따돌렸다. 칠흑 같은 어둠 속에서 분을 삭였지만 처참한 기분은 사라지지 않았다. 임무를 완수하면서 최소한의 자존심을 찾고 싶었다. 뒷주머니에서 구겨진 올가미를 꺼냈다. 나 혼자 몰래 올가미를 정확히 던지는 연습을 했다. 언제 어디서나 그에게 정확히 던질 수 있도록 말이다. 호시탐탐 그를 노렸다. 그는 약삭빠르게 내 행동이 변한 것을 눈치채버렸다. 처음엔 내 행동을 대수롭지 않게 여겼다. 그러나 내 올가미 소리가 칼바람을 일으키자 차츰 경계의 눈초리를 보내기 시작했다. 그의 환갑잔치 때 임무를 완수할 절호의 기회를 가질 수 있었다. 과음으로 붉은 액체가 온몸을 불규칙적으로 돌았다. 휘청거리는 그의 곁으로 가서 올가미를 꺼내려는 찰나, 막내딸이 그의 품에 안겼고 그가 막내딸에게 행복한 웃음을 지어 보였다. 나는 모질지 못했다. 그는 머뭇거리는 나를 보고 말았다. 그 이후 나를 더욱 심하게 경계했다. 우선 흰 가운을 입은 의사와 친해지면서 병원을 드나드는 것이 일상화되었다. 나를 방어할 수 있다는 착각은 그가 복용하는 여러 가지 약 종류로 알 수 있었다. 혈압약, 당뇨약, 관절염주사, 인삼, 우황청심환, 웅담…… 이루 헤아릴 수 없는 약들과 보강제로 그의 몸은 채워졌다. 짝사랑에 미련이 남아서 내가 모질지 못하다는 것을 그는 전혀 눈치채지 못했다. 슬프게도 말이다. 그런데 지금이라도 고맙다는 말을 들을 수 있게 되다니.

그는 내 손을 잡고 말았다. 잠시 올가미를 어떻게 던질까 머뭇거리는 사이에 말이다. 식사 후 그는 잠자리를 빨리 하고 싶다고 애걸복걸하기 시작한다. 그의 표정은 애절하다. 숨을 헐떡이고 핼쑥한 볼이 경련으로 심하게 떨리면서 앙상한 손으로 나를 놓치지 않으려고 내 손을 꽉 잡는다. 네 품에 편안하게 안기고 싶어. 이젠 저 세상이 너무너무 지긋지긋해. 지쳤어. 나를 구해줘. 사랑해. 사랑해. 숨가쁘게 말을 내뱉는다. 얼음장 같은 내 손의 냉기를 느끼지 못할 정도로 기분 좋은 모양이다. 이젠 피할 수 없는 운명이다. 우린 일심동체가 되어야 하는 것이다. 나의 그림자 속에서 그는 회색 인간으로 살아야 한다. 물론 내 사랑이 이루어져서 무척 기쁘지만 그의 붉은 액체는 시커멓게 굳어야 한다. 그의 온몸을 뜨겁게 돌아다니던 붉은 액체가 올가미에 묶여 멈추게 될 것이다. 붉은 액체는 얼음장 같은 내 몸에는 흐를 수 없다. 붉은 액체는 경이와 신비로움이었다. 난 붉은 액체의 따뜻함을 만지고 싶었다. 그는 안타까운 내 마음을 알았는지, 얼음장 같은 내 얼굴을 어루만지면서 나지막이 읊조린다. 내 머릿속에 더 이상 저장할 수 없는 거짓말 때문에 붉은 액체가 시궁창 오물처럼 되어버렸어. 이젠 산딸기 같은 액체를 볼 수가 없어. 거짓말을 능숙하게 많이 할수록 내 몸은 점점 만신창이가 되어갔지. 그는 순간적으로 새끼손가락을 깨문다. 새끼손가락 끝에서 거무죽죽한 액체가 한 방울 겨우 떨어진다. 그의 얼굴에 허탈한 표정이 지어진다. 그러곤 내 품에 살포시 안긴다. 저녁노을에 젖은 얼굴은 마냥 행복하기만 하다. 잠시 눈을 감고 내 체취를 깊이 마시더니 내 가슴에 숨겨둔 비밀 지령을 꺼낸다. 이젠 없애버리자. 그는 그의 어머니에게 올가미가 던져졌을 때 내 동료가 떨어뜨린 비밀 지령을 보았다. 하긴 비밀 지령의 내용은 똑같으니까. 그는 구구단 외우듯 비밀 지령을 술술 외운다.

담당자 먹구름은 명을 지정 받은 인간 이태룡이 거짓말을 시작한 날로부터 100년 이내에 올가미를 던져야 한다. 엄명을 위반하면 담당자는 규정된 처벌을 받게 된다. 단, 명기된 인간 이태룡이 일생 동안 거짓말을 하지 않을 경우 담당자의 임무는 자연 무산됨.

천지인(天之人)

그는 비밀 지령을 갈기갈기 찢는다. 비밀 지령대로 하길 그는 간절히 바라고 있다. 아침에 산뜻하게 케냐산 원두커피를 마시는 기분이란다. 내가 망설이자 짜증스런 표정을 짓는다. 뒷주머니에 깊게 숨겨둔 올가미를 조심스럽게 꺼낸다. 내 손 안에서 올가미는 코브라처럼 놀아난다. 병실 형광등 불빛에 올가미는 으스스하게 빛나고 있다.

자살 유희

대형마트 정문 쪽으로 급하게 차를 몰고 갔다. 시계는 9시 23분. 아침나절이라 마트 주변이 썰렁하다. 오가는 사람도 많지 않고 유니폼을 입은 마트 직원들만 이리저리 바쁘게 움직이고 있다. 주차장 입구에는 주차 안내를 하는 아가씨가 예쁘게 단장한 모습으로 주변을 두리번거리고 있다. 정문 앞 야외 벤치에 그가 홀로 앉아 있는 모습이 눈에 들어온다. 그의 성격대로라면 아마 30분 전부터 저 벤치에 앉아 있었을 것이다. 그는 눈에 익은 진한 갈색 체크무늬 폴로 잠바에 옅은 카키색 코르덴 바지를 입고 있다. 내가 유급 조교로 대학에 근무했을 때 첫 월급으로 사준 옷들이다. 그는 그 옷들을 즐겨 입곤 했는데, 특히 나와 야외로 나들이 갈 때에는 꼭 입고 나왔다. 여전히 나를 세심하게 배려하는군. 문득 백미러로 얼굴을 봤다. 커피색 루주를 바른 입술이 오늘따라 아주 도톰한 게 매혹적이다. 게다가 살짝 치켜 올라간 아이라인은 요염하기까지 하다. 차에서 내리기 전에 다시 한번 백미러로 얼굴을 보고, 집을 나서기 전에 뿌린 샤넬 향수를 맡아봤다. 모처럼의 만남에 약간 흥분되기도 했다. 마트 앞 광장은 봄을 투정하는 햇살이 따분하게 퍼져 있다.

며칠 전 전화로 들은 그의 목소리는 예전과 별로 달라진 것이 없었다. 항상 초가을 바람처럼 느껴지는 차분한 음색이었다. 차에서 내린 나를 보자 그의 눈동자가 순간 확 커지고 눈썹이 추켜올라가면서 파르르 떤다. 잠시 머뭇거리더니 이내 입술 언저리에 반가운 미소가 번진다. 예전의 정갈한 모습 그대로인데, 아래턱이나 광대뼈가 창백한 안색에 더 뚜렷하게 보인다.

너무 반갑다며, 오랜만이라며, 잘 지내셨느냐며 뻔뻔스럽게 내가 먼저 말을 건넨다. 화사하게 웃으면서 그의 앙상한 손을 잡고 흔든다. 그도 야윈 볼이 발그레해지면서 약간 가쁜 숨결로 잘 지냈느냐고 인사말을 한다. 가끔씩 부는, 아직은 차디찬 봄바람에 벤치에서 일어서는 그가 가련하게 너울거린다. 예전보다 더 왜소해진 것 같다. 2년여 만의 재회다.

한 달 전쯤 모처럼 연 이메일에서 'PD1104'라는 눈에 익은 ID를 보았다. 순간 섬뜩했다. 일주일 간격으로 세 통의 메일이 와 있었다. 3월 14일에 첫 메일을 보냈다. 메일 내용은 A4 용지 한 장 정도의 분량이었다. 메일마다 '진정 미안한데'라는 어구가 첫 문장에 쓰여 있었다. 그가 미안할 이유는 없다고 생각했다. 그런데 그는 나에게 항상 미안하다는 가학적인 표현을 쓴다. 나는 그 말의 의미를 깊이 새기지 않고, 재미있다는 듯 웃어버린다. 첫 메일 역시 이렇게 갑자기 오랜만에 메일을 보내서 '진정 미안하다'로 서두를 시작했다. 그간 긴 투병 생활로 소식을 전하진 못했지만 내 소식은 가끔 들었다고 했다. 겨우 움직일 정도로 병이 나아서 4개월 전에 삼선교 아파트로 돌아왔다는 일상적인 안부용 메일이었다. 메일 거의 끝 부분쯤에 적은 두 줄의 문장이 나에게 메일을 보내며 하고 싶었던 말이었다. 여건이 되면 꼭 만나고 싶으니 반드시 연락을 부탁한다면서 마치 후렴처럼 2년여 전 함께 있었을 때처럼 다시 한번 기회를 줄 수 없겠느냐고 했다. 세 통의 메일은 내용이 거의 비슷했다.

무슨 기회였는지 대수롭지 않게 넘기고 싶은 기억이다. 답장은 보내지 않았다. 그저 섬뜩한 마음만 가지고 있어도 그에게 답장을 보내지 않은 미안함을 대신할 수 있을 것 같았다. 게다가 메일 내용을 되새길 정도로 한가롭지도 않았다. 한창 학원 이전을 위해 주변에 적당한 건물을 물색하는 중이었다.

마침 타워부동산 박 사장에게서 매우 마음에 들어할 만한 새 건물을 찾았다고 연락이 왔다. 신축한 지 일 년이 조금 지났으며 엘리베이터가 설치된 60여 평짜리 5층 빌딩이었다. 만족스럽긴 했지만 의외로 비싼 임대료가 고민이 되었다. 며칠간 잠을 설치며 고민하던 중 다시 한번 기회를 줄 수 없겠느냐는 그의 메일 문장이 뇌리에서 아물거렸다. 조금의 망설임도 없이 그에게 전화를 걸었다. 그에게 주어진 기회가 아니라 나에게 주어진 기회임이 나의 계산서에 재빠르게 나와 있던 것이다. 뒤숭숭한 기분을 털어내기 위해 새벽녘에 아파트 공사장에서 며칠 만에 찾아온 정 과장과 뜨겁게 몸을 섞은 후였다. 그에게 전화를 해야겠다는 대견스런 생각이 갑자기 머리를 스쳤다. 나 스스로가 재치 있다 싶었다. 입안에서 사과가 사각사각 씹히는 소리에 섞여 전화벨이 계속 울렸다. 여전히 그때 그 전화번호가 확실할 거야. 나를 생각해서라도 전화번호를 바꾸지 않았을 것이기 때문이다. 아직 주무시고 있는가? 두번째 사과 조각을 입에 넣으려고 할 때 저쪽에서 전화를 받는 음성이 희미하게 들렸다. 귀에 익은 목소리였다. 삼촌, 저예요. 사과를 계속 맛있게 씹으며 말했다. 저쪽에서는 정적이 흘렀다. 삼촌, 저예요. 정애예요. 전화 속에서 조용한 떨림만이 느껴졌다. 잠결에 놀라서 경련이라도 일으킨 건가? 잠시 후 매우 떨리는 목소리로 반갑다고 하는 말이 귀에

와 박혔다. 삼촌이란 단어가 아직 내 혀끝에 자연스럽게 붙어 있었다. 정 과장의 코 고는 소리가 우리 대화에 섞여 들었다. 내 인사말 끝에 그가 말을 던졌다. 깔끔한 목소리는 여전하군. 정 과장의 비릿한 체취는 다행히도 우리의 통화를 방해하지 않았다. 내 결정은 빨랐고 목소리는 낭랑했다. 2년여의 공백은 완전히 나의 수다로 채워졌다. 내가 재롱을 부리며 영악스럽게 웃을수록 그는 나를 더욱더 좋아했다. 그의 목소리는 흥분된 듯이 아주 조금 떨렸다. 난 며칠간 매일 전화를 걸었다. 기회는 빠를수록 좋다. 지난 2년여의 이별은 아이스크림 녹듯 내 입안에서 달콤하게 사라져버렸다. 네번째 통화 중에 그는 넌지시 함께 나들이 한번 가지 않겠느냐고 내 의중을 떠봤다. 항상 해왔던 대로 은근한 것이 전혀 변화 없는 각본이었다. 처음엔 비음 섞인 목소리로 학원 이전 등 요즘 바쁜 생활을 넋두리처럼 털어놓으며 살짝 거절했다. 그러자 그는 내가 원하는 것을 시원스럽게 말해버렸다. 그가 바라는 기회를 줘야겠다. 언제나 그렇게 했던 것처럼 당당하게 말이다.

오늘따라 액셀러레이터나 핸들이 기분 따라 부드럽게 작동한다. 봄바람이 보송보송 콧등을 스쳐 지나간다. 들판은 온통 민들레 꽃잎으로 노랗게 뒤덮여 있다. 이래저래 기분이 산뜻하다. 차는 어느덧 서울을 벗어나 양수리 방향으로 매끄럽게 달린다. 그는 옆 좌석에 편안하게 기대 30여 분 동안 종알거리는 내 얼굴만 응시하고 있다. 송금해준 3천만 원 덕분에 마음에 드는 장소로 학원을 이전하게 되어 정말 고맙다는 인사로 시작해서 영어학원에 대해 이것저것 재잘거린다. 하지만 그따위 인사치레는 그냥 바람결에 스쳐 지나가는 말장난으로 듣고 있을 것이다. 내가 옆에 있다는 사실만으로 그는 더 이상 바랄 게 없을 것이다. 그는 콧등을 스치는 봄바람을 느끼며 마냥 웃고만 있었다. 그의 거친 숨결이 봄바람을 따라 귓가에 맴돈다. 잠시 휴게소에 차를 세우고 준비해 온 딸기 생과일주스와 파란 알약 반쪽을 주었다. 그의 웃음은 이미 벌겋게 달아올랐다. 약이 필요 없을 것 같은데요? 예전과 다름없이 반응이 신속하게 나타나네요. 그는 애교 떠는 내 얼굴을 바라보며 천천히 딸기 주스와 함께 약을 먹는다. 허옇고 앙상한 손등부터 혈관이 붉게 꿈틀거리기 시작한다. 우리를 위해 약을 복용해야겠어. 안 박사나 최 사장은 정말 이상해. 왜 당신을 나와 떼어놓으려고 하는지 모르겠어. 결국 이렇게 나를 찾아오고야 마는데. 내 말에 수긍하듯 그는 고개를 끄덕이면서 미소 짓는다. 그들과 술래잡기 놀이를 재미있게 하고 있는 것 같다. 당연히 내가 이길 놀이를 말이다. 깔깔거리는 내 웃음소리가 점점 더 날카로워진다. 그들의 우정은 삼류 조폭영화에서나 볼 수 있을 만큼 끔찍하다. 난 언제나 개그콘서트를 보듯 웃어버리고 만다. 나에게 송금된 3천만 원도 분명 최 사장의 주머니에서 나왔을 것이다.

알라딘의 요술램프에서 그들을 만났다. 8년 전이었다. 알라딘의 요술램프. 청담동에 있는 고급 바였다. 선택받은 인간들만이 그곳을 출입할 수 있었다. 플래티늄 신용카드 서너 장을 마음대로 쓸 수 있다든지, 강남에 빌딩 한 채 정도 가졌다든지, 3천 시시급 외제차를 몰고 다닌다든지 해야 편안하게 드나들 수 있는 곳이었다. 그들의 대화도 별천지에서나 할 수 있는 것들이었다. 몸뚱이 하나만 믿고 가출한 나에게 알라딘의 요술램프는 오아시스였다. 난 그들의 시중을 들기 위해 간택된 시녀였다. 베테랑인 사장 언니마저 깜짝 놀랄 정도로 난 그곳 분위기와 쉽게 하나가 되었다. 암울했던 20여 년의 세월이 그렇게 2, 3개월 만에 거짓말처럼 편하게 바뀌었다. 밤은 모르핀처럼 날 황홀하게 만들었다. 전혀 희망이 보이지 않던 젊은 날이었다. 애절한 팝송만 듣던 기억과 함께, 교도소를 마치 제집 드나들듯 사고만 치던 오빠, 치매에 걸려 내 손길을 기다리던 외할머니…… 생선 비린내 풍기며 시장에서 만취해 돌아온 엄마 곁에 원망 섞인 편지와 소주 한 병을 남기고 가출한 기억은 이미 머릿속에서 깨끗하게 지워진 지 오래였다. 나는 스스로 만족할 인생을 찾아야 했다. 사장 언니는 입버릇처럼 말하곤 했다. 사람은 누구나 자기 밥그릇을 챙길 권리가 있어. 너희들도 궁상맞게 신세 탓만 할 필요는 없어.

나의 변신은 무죄였다. 우선 화장법과 옷맵시부터 강남 스타일로 바꾸기 시작했다. 하루하루 즐거움이 더하는 생활이 내 표정에 드러났다. 나날이 가슴속에서 걷잡을 수 없는 욕망이 솟구쳐 올랐다. 나 역시 그들처럼 선택받은 인간이 될 수 있다는 것을 알았다. 매우 기특한 자각이었다. 나는 마치 강남의 아파트가 재건축되듯 빠르고 화려하게 변신했다. 나의 오감은 그들과 어울리기 위해 예민해졌다. 예민해질수록 그들 역시 함께 어울릴 수 있는 기회를 나에게 쉽게 주었다. 최 사장은 잘 지내시나요? 알라딘의 요술램프 VIP 고객이었는데 말예요. 그때 삼촌에 대한 우정은 질투 날 정도로 끔찍했으니까요. 나에게 잘 모셔야 한다고 협박조로 몇 번씩이나 말씀하시던지. 지금도 우정이 여전하신 것 같아요. 하지만 곁에선 대답 대신 쌔근쌔근 숨 가쁜 소리만 들린다. 그의 허벅지에 내 오른손을 부드럽게 얹었다. 앙상한 허벅지가 심하게 경련을 일으킨다. 나는 따뜻하게 어루만지면서 말을 이었다. 30분만 가면 우리들이 자주 가던 안개 언덕에 도착할 거예요. 조금만 참으세요. 그런데 말을 끝내자마자 그는 아주 단호한 목소리로 뜻밖의 요구를 했다. 미안하지만 갑자기 그곳에 가기 싫어졌어. 삼선교 아파트로 돌아가면 안 될까? 왜 아파트로 돌아가자고 할까? 안개 언덕에 가고 싶다고 해서 이틀 전에 예약했다. 오히려 이런 봄날엔 남한강이 바라보이는 언덕 위 펜션이 그를 더욱 흥분할 수 있게 할 텐데 말이다. 그는 의아해하는 내 얼굴을 빤히 바라보면서 다시 한번 부탁한다. 마음엔 내키지 않았지만 어쩔 수 없이 서울 방향으로 차를 돌린다. 삼선교 22평짜리 아파트. 재건축한다고 몇 년 전부터 떠들썩하기만 한 곳이다. 그에겐 자기 이름으로 등록한 유일한 재산이었다. 하지만 내겐 그다지 좋은 추억이 없는 곳이다.

　그를 따라 처음 아파트를 방문했을 때 나는 깜짝 놀랐다. 알라딘의 요술램프 속 거인이라 생각했던 그가 그런 아파트에 살리라고는 상상도 못했다. 그의 명함에 적힌 화려한 직함에 비해 너무도 초라했다. 거실과 베란다에 난화분이 즐비하게 놓여 있었지만 홀아비 특유의 텁텁한 냄새가 아파트 구석구석에 배어 있었다. 11층 동남향이라 햇살은 가득했지만 어쩐지 썰렁했다. 서재는 온통 책이었다. 그건 부러웠다. 편안함이 느껴지기도 했다. 아파트에서 그와 했던 섹스는 전혀 달콤하지 않았다. 석이의 그림자가 아파트 주변을 거머리처럼 서성였기 때문이다. 언제 휴대전화 벨이 터질지 조마조마하기만 했다. 석이의 협박은 애원조였다. 두세 시간마다 내 목소리를 듣고 싶다는 것이었다. 내가 아파트에서 지내는 동안 석이는 어김없이 창밖에서 어슬렁거렸다. 게다가 신경이 거슬릴 정도로 전화를 해댔다. 나는 그를 서재로 데리고 갔다.

그리고 수북이 쌓인 책 냄새를 깊게 맡으며 그와 섹스를 했다. 책 냄새는 나를 편하게 만들었다. 그는 언제부터인가 내가 허둥대면서 자신을 서재로 끌고 간다는 사실을 눈치챈 것 같았다. 그런데도 어리둥절한 눈길만 줄 뿐, 왜 그렇게 하는지 전혀 묻지 않았다. 그저 순한 양처럼 질질 끌려 들어왔다. 어른거리는 석이의 그림자 때문에 급하게 그를 자궁 속으로 받아들여야 했다. 그러고는 사정을 하자마자 바싹 말라버린 그를 내팽개치고 간단하게 샤워를 하고선 서둘러 석이에게 달려가곤 했다. 그가 학회 참석차 일본에 갔을 때 석이가 책들만 쌓인 아파트를 둘러보고는 의아한 눈길로 나를 쳐다봤다. 그러곤 무엇을 바라고 그와 사귀는지 모르겠다며 투덜거리기 시작했다. 소위 명문대학의 저명한 학장이란 사람이 왜 이런 아파트에 살지? 고상하게 난은 키우고 있지만 실속이 없잖아. 그리고 너는 또 왜 그래? 책 냄새 맡으려고 그러는 거야? 이건 네가 원했던 생활이 아니잖아. 넌 머리 텅 빈 졸부 만나 호강하며 살려고 했잖아. 그러면서 어이없다는 듯 코웃음을 쳤다. 그러나 나는 상관하지 않았다. 멋대로 지껄이라지. 알라딘의 요술램프에서 받는 돈으로는 만족할 수 없는 분위기를 느꼈지. 자존심을 지키기 위해서는 명예라는 허영도 필요한 거야. 하지만 굳이 석이에게 변명처럼 말하고 싶지 않았다. 그럴 때면 그저 서재 바닥에 석이를 바로 눕히고 청바지 지퍼를 내린 후 뜨겁게 달아 있는 석이를 아작아작 씹어 먹곤 했다.

난화분들은 아직 있나요? 입원하고 있을 때 동료 교수들에게 나눠줬지. 순간 서글픈 표정이 살짝 비친다. 난은 그에게 자식 같은 존재였다. 안개 언덕이 더 아늑하지 않나요? 석이의 그림자가 어른거렸던 아파트가 더 짜릿할 것 같아. 뜻밖에 그는 슬그머니 내 오른손 엄지를 입속에 넣고 사탕 빨듯 맛있게 빤다. 그가 하는 대로 그냥 내버려둔다. 그의 팔목까지 붉은 혈관이 지렁이처럼 꿈틀거린다. 눈가에 5원짜리 동전만 한 반점이 나타난다. 비아그라 반 알을 마저 복용해야겠다며 웅얼거리는 그의 목소리는 가쁜 숨 속에 쇳소리처럼 변한다. 비아그라 반 알을 더 복용해도 아직 위험하지 않다. 삼선교 아파트까지는 두 시간이 걸린다. 그는 게걸스런 표정을 지으며 푸른 알약을 손바닥에서 몇 번 굴리더니 딸기 주스와 함께 잽싸게 삼켜버린다. 숨소리는 거칠지만 게거품이 나올 정도는 아니다. 벌겋게 달아오른 그의 손길이 허벅지 깊숙이 파고든다. 오늘따라 그답지 않게 적극적으로 서두르는 모습이다. 조심스레 운전하면서 그의 손길에 그냥 몸을 맡긴다. 그럴수록 난 쉽고 편하게 일을 끝낼 수 있다. 오로지 안 박사 전화번호만 기억하고 있으면 된다. 그는 나에게 기회를—그것이 행운이었든 우연이었든 운명이었든—쉽게 줬다. 오늘처럼 말이다.

그는 나와 함께했던 모든 일이 필연이며 운명이라고 했다. 난 그렇게 생각하지 않았다. 그저 퍼즐 게임을 풀듯 황홀하게 즐기고 있을 뿐이다.

그가 준 행운은 8년 전부터 시작되었다. 그날따라 봄비가 감기 걸리기 좋을 정도로 으스스하게 내렸다. 나 역시 며칠 전부터 재수 없는 몇 가지 실수로 계속 우울한 기분이었다. 요리사 자격시험 때문에 며칠을 쉰 터라 오래간만에 알라딘의 요술램프에 출근했다. 이른 밤 시간대라 바에는 손님이 없었고 카운터에는 사장 언니, 최 사장 그리고 낯선 초로의 남자가 앉아 있었다. 실내는 썰렁했다. 프리지어와 카네이션 향기 사이로 경쾌한 록 음악 리듬만 흘렀다. 단지 사장 언니만 호들갑스럽게 웃으며 수다를 떨고 있었다. 가끔 최 사장이 느끼하고 컬컬한 목소리로 몇 마디씩 웃음 섞인 맞장구를 치곤 했다. 그들 앞에는 이미 발렌타인 30년산이 두 병째 놓여 있었다. 나는 자연스레 그들과 함께 자리했다. 참! 소개할게. 우리 바의 VIP 손님인 최 사장님은 당연히 알고 있겠지? 이분은 처음 뵙겠지만 최 사장님의 가장 친한 친구인 K대학교 인문대학 학장님이셔. 내가 존경하고 사모하는 분이지. 이름이 정애라고 했나? 오랜만이군. 내가 제일 아끼는 친구니까 나처럼 모시게. 오늘 이 친구 집안에 아주 안 좋은 일이 생겨서 내가 기분 좀 풀어주려고 온 거야. 네가 잘하라고. 최 사장과는 외모로 보나 사회적 경력으로 보나 도저히 어울릴 것 같지 않았다. 그의 첫인상은 최 사장보다 나이가 적어 보이면서 온화하고 정갈했다. 그는 최 사장과 사장 언니의 대화를 듣기만 할 뿐 말이 없었다. 계속 편하게 웃기만 했다. 안 좋은 일이 있었던 사람이 저렇게 편하게 웃을 수 있을까? 교수의 웃음은 그들의 수다를 매우 고상하고 재미있게 만들고 있었다. 그 웃음은 은근히 내 호기심을 부추겼다. 그는 나에게 이따금 술을 권했다. 잔잔한 웃음은 술잔 속으로 계속 녹아들어갔다. 웃음으로 가늘게 묻혀 있던 눈동자가 언뜻 나를 바라볼 때 눈동자 속에서 깊은 공허감을 봤다. 온몸이 오싹할 정도의 공허감이었다. 그때 난 묘한 동료의식을 느꼈다. 그와 이야기를 나누고 싶었다. 너무나 부드럽게 웃음 짓는데 눈동자 깊숙이 왜 알 수 없는 공허감이 보일까? 두 병째 발렌타인이 비워질 때쯤, 그는 집에 가야겠다고 몇 번 더듬거리면서 일어섰다. 최 사장이 만류했지만 소용없었다. 그는 비틀거리며 문 쪽으로 걸어갔다. 그때 내가 모시고 가겠다며 그의 팔을 꽉 잡았다. 최 사장과 사장 언니가 의미 있는 눈길을 보냈다. 이 친구는 나이만 먹었지 순진하기가 국보급이야. 잘 모셔야 해. 애비 혼자 두고 외국으로 도주한 아들놈은 이미 죽었다 생각하고 잊어버려. 그런 자식은 필요 없어. 내가 있잖아! 우리끼리 즐기는 거야. 자네에게 면목 없네. 정말 고맙고 미안하군. 몇 시간 함께 있으면서 처음 듣는 그의 또렷한 목소리였다. 내가 비틀거리는 자신의 몸을 붙잡고 있는데도 전혀 나를 의식하지 못하는 것 같았다. 밖으로 나오니 밤하늘에 쌀쌀한 빗줄기가 뿌렸다. 그는 간혹 나를 돌아보곤 했다. 창백하고 지친 표정이었다. 쓸쓸한 웃음이 입가에 번졌다. 어느덧 그의 표정에 감염된 듯 나도 모르게 신세타령을 처량하게 늘어놓기 시작했다. 가슴속에 묻어두었던 세상에 대한 원망이 한숨과 눈물로 터져 나왔다. 그는 점점 나를 의식하면서 내 비통스런 목소리에 귀를 기울이기 시작했다. 내 심정에 동조하듯 가끔 "그래, 그래요"라고 짧게 대답했다. 내 넋두리를 경청하는 그가 편하게 느껴졌다. 그를 모텔로 데리고 갔다. 그는 길 잃은 강아지마냥 나를 따라왔다. 알 수 없는 연민을 느끼면서 내 뜨거운 몸으로 그를 감싸고 싶었다. 나는 아무런 부끄러움 없이 주저하지 않고 노련하게 길들여진 손길로 그의 차디찬 성기를 애무했다. 하지만 쉽게 뜨거워지지 않았다. 주춤거리는 그를 노리개처럼 만지작거렸다. 술이 깬 듯 그는 내 손길을 강하게 거부했다. 잠시 후 미안하다고 더듬거리며 말하더니 옷맵시를 고친 후 방에서 나가버렸다. 그러고는 그날 일을 까맣게 잊고 있었다. 그런데 일주일쯤 지나서 그가 대학 입시 요강과 함께 법정 스님의 『산에는 꽃이 피네』라는 책을 가지고

램프 속 거인처럼 갑자기 나타났다. 그는 학자답게 산뜻하고 정갈한 분위기를 풍겼다. 첫날처럼 공허한 표정은 전혀 보이지 않았다. 웃음도 여전히 편안했다. 지난번 했던 내 넋두리 중에 언젠가 반드시 대학교에 진학해서 공부를 할 거라는 얘기를 기억하고 있었던 것이다.

그는 나를 후원하고 싶다면서 대학 진학에 도전해보라는, 정말 뜻밖의 제안을 했다. 그가 요술램프 속 거인처럼 보였다. 마치 복권에 당첨된 기분이었다. 사장 언니는 대단한 행운을 잡았다고 격려해줬다. 그가 나에 대하여 얼마만큼 아는지, 왜 그런 제안을 했는지, 그가 어떤 사람인지는 중요하지 않았다. 내가 오랫동안 기다리던 기회였고 그걸 마다할 이유가 전혀 없었기 때문이다.

차는 어느덧 미아리고개를 넘어가고 있다. 오후로 접어든 거리는 매우 붐볐다. 그는 차창 밖 시선은 아랑곳하지 않고 계속 내 허벅지 깊숙이 손을 넣고 있다. 장미꽃 치마가 그의 손길에 나풀거린다. 호흡이 불규칙적으로 헐떡거린다. 야윈 볼살이 경련을 일으킨다. 곧 도착할 거예요. 내 피부가 더 좋아지지 않았나요? 애교 섞인 말에 그는 대답 대신 더 깊게 손 끝을 밀어 넣는다. 석이와 가끔 가던 '발리'라는 모텔이 스쳐 지나간다. 갑자기 석이 소식이 궁금해졌다. 석이 소식은 나보다 삼촌이 더 잘 알고 있겠네요? 석이는 어떻게 지내요? 아마 강남 어느 호텔에 사무직으로 있을 거야. 호호, 재미있네요. 한때 삼각관계였던 두 사람이 나 몰래 만나서 나를 두고 사이 좋게 험담했겠네요. 석이와 함께 인천에 가서 난 영어학원을 차리고 석이는 사진관을 차린 것, 그 녀석이 말했겠네요. 삼촌은 우리가 헤어질 걸 예상했죠? 맞아요. 석이가 일 년 정도 돼서 망했어요. 그러더니 어느 날 미안한지 내 곁에서 사라졌어요. 결국 삼촌이 지금까지 석이를 이용하는군요. 석이는 내가 강남 생활에 익숙해지면서 생긴 덤이었다. 내 장식용에 어울릴 정도로 매끈한 체격을 지닌 꽃미남이었다. 삼촌을 만날 무렵 석이도 호스트바에서 알게 되었다. 알라딘의 요술램프에서 예민해진 나를 석이는 밤낮으로 뜨겁게 풀어줬다. 삼선교 아파트에서 그를 간병하고 있을 때 석이의 청바지 지퍼는 내 거친 손길에 자주 철컥철컥 내려졌다.

아직도 철컥거리는 지퍼 소리를 그는 가슴속에서 듣고 있나? 언제부터 석이를 짜릿하게 이용했냐고, 궁금했던 걸 노골적으로 물어본다. 너를 만나고 몇 개월 지난 후 아마 대학수능시험 치를 때쯤이었을 거야. 그때부터 네게서 석이 냄새를 맡기 시작했지. 그는 마치 헬륨 가스라도 마신 듯 변성된 목소리로 더듬거리며 말했다. 목 언저리까지 붉은 혈관이 지렁이처럼 꿈틀거렸다. 내가 짐작했던 것보다 훨씬 전부터 삼촌은 석이를 짜릿하게 이용했다. 지금처럼 미끼를 던지면서 내색이라곤 전혀 하지 않은 채 말이다.

　삼선교 복개천 거리는 예전과 다름없었다. 제과점, 과일 가게, 사골해장국집, 약국 등이 정겹게 눈에 들어온다. 그러나 아파트는 낯설게 변했다. 화단이 있던 자리가 주차장이 되었고, 아파트 외벽은 회색에서 갈색으로 새롭게 단장했다. 물론 경비 아저씨도 바뀌었다. 엘리베이터는 여전히 증기기관차처럼 덜컹거리며 겨우 올라간다. 십자가 열쇠고리는 그대로 사용하고 있다. 아파트에 들어선다. 난 향기는 전혀 맡을 수가 없다. 난화분이 있던 자리에 책들이 제단처럼 쌓여 있다. 적막한 거실에 그의 헐떡거리는 숨소리가 퍼진다. 1105호. 그가 제멋대로 투정 부릴 수 있는 둥지다. 내가 여기에서 그를 삼촌이라 불렀고 그는 허물 벗듯 변신하기 시작했다. 애교 섞인 삼촌이란 호칭에 그는 처음엔 매우 당황스러운 표정을 지었다. 그러면서도 희멀건 얼굴에 홍조를 띠는 그가 무척 재미있게 느껴졌다. 어쩔 수 없었다. 난 그의 팔에 매달리며 삼촌이라 불러야 했다. 그가 6개월간 일본에 교환교수로 가 있는 동안 나에게 너무 많은 혜택을 주고 있다는 걸 알았다. 원하던 대학교에 입학하게 된 것부터 시작해 내 생활이 선택받은 강남 스타일로 바뀌었다. 그를 놓칠 수 없었다. 삼촌이라는 말이 내 혀끝에서 달콤하게 내뱉어질 때마다 그가 은근히 좋아하는 표정을 볼 수 있었다. 그에게서 세번째 대학교 등록금을 받은 후였다. 그에게 칠레산 와인을 선물했다. 노을에 물든 거실에서 느긋하게 그와 와인을 마셨다. 그날따라 재롱 섞인 목소리로 삼촌이라는 말을 노래 후렴처럼 웅얼거렸다. 처음에 그는 내 응석을 즐겁게 받아들였다. 내 응석은 차츰 유혹하는 손길로 변했다. 그는 정중하게 내 손길을 뿌리쳤다. 내 손길은 그의 몸 구석구석을 바쁘게 어루만졌다. 그는 갑자기 마른 장작개비처럼 뻣뻣해졌다. 그에게서 웃음이 사라졌다. 그는 소파 한 모퉁이로 밀리더니 벌벌 떨기 시작했다. 그러면서 나를 뿌리치고, 또 뿌리쳤다. 놀란 눈동자는 어둠에 젖어 갔다. 그는 바지 지퍼를 꽉 잡고 애처롭게 나를 바라봤다. 내 혀끝이 집요하게 그의 목 언저리를 노리기 시작했다. 그는 버둥거리더니 하얗게 변한 입술을 다물지 못한 채 소파 위로 허물어졌다. 아랫도리는 차디차고 쭈글쭈글했다. 그는 눈을 꼭 감고 흐느끼면서 내 몸속으로 힘들게 들어왔다. 이런 그의 모습이 귀엽게 느껴졌다. 움츠렸던 그는 갓난아이처럼 내 손안에서 하루하루 길들여졌다. 그날 이후 내 몸에서 두 남자의 냄새가 풍겼다. 석이는 딸기나 사과, 오렌지 같은 여러 가지 과일 냄새를 풍겼고, 삼촌에게서는 병원에서 맡을 수 있는 소독약 같은 냄새가 났다. 삼촌의 냄새는 중후했다. 한 남자에게서 묻은 냄새를 다른 남자에게 건네주기 싫어 열심히 씻어냈다. 그러나 두 냄새는 이미 내 몸에 배어 어떤 냄새든 완전히 씻어낼 수는 없었다. 결국 두 사람은 내 몸에서 풍기는 상대방의 냄새를 맡아버렸다. 그는 이미 알고 있었다는 듯 덤덤한 표정이었고, 석이는 내게 더러운 년이라며 당장 헤어지라고 퍼부어댔다. 난 더럽지 않았다. 단지 뻔뻔스러울 뿐이었다. 석이는 한동안 날 멀리했지만 어쩔 수 없이 다시 내 몸속으로 달려왔다. 그는 석이에 대해 화내지 않았고 묻지도 않았다. 이상한 일이었다. 세월이 흐르면서 석이의 냄새가 진하게 날수록 그는 내 품에서 심하게 어리광을 부리기 시작했다. 휴대전화가 울릴 때마다 은밀한 눈초리로 나를 훔쳐보곤 했다. 마치 의처증 환자처럼.

연분홍빛 빗살무늬 커튼이 가을바람에 너울거린다. 그의 딸이 아버지를 위해 장식해준 커튼이다. 내가 몇 번 바꾸려고 했지만 그때마다 완강하게 안 된다고 했다. 그는 오디오를 튼다. 「댄싱 인 더 문 라이트」라는 경쾌한 댄스 음악이 흐른다. 귀에 익은 다정한 멜로디. 춤을 추자고 손을 내민다. 앙상한 그를 품고 리듬에 따라 몸을 움직인다. 탱고든 블루스든 탭댄스든 상관없다. 주춤거리는 그의 발길이 내 마음을 조금이나마 아프게 한다. 이 집에서 그는 딸과 함께 세상에서 가장 행복한 춤을 추곤 했다. 나도 그의 품속에서 춤을 췄다. 그는 언제나 1105호에서만 춤을 추려고 했다. 춤을 출 때 그는 가장 행복하게 미소 지었다. 그는 춤출 때 나를 수정이라 부르곤 했다. 지금도 수정이라 부른다. 꼭 그렇게 불러야 한단다. 내 품속에서 몇 번씩 헬륨 가스를 마신 목소리로 부른다. 그의 발길이 넘어질 듯 비틀거린다. 그를 소파에 앉히고 스스럼없이 장미꽃 무늬 원피스를 벗어던진 다음 욕실로 들어간다. 샤워 소리가 클수록 그는 좋아한다. 그는 자스민향 비누로 간단히 샤워하는 것을 좋아한다. 서두를 필요는 없지만 그의 충혈된 눈동자, 얼굴에 나타난 붉은 반점들, 가쁜 숨소리가 불안하게 느껴진다. 물론 안 박사의 전화번호는 기억하고 있다. 거울 속 내 몸은 오늘따라 유난히 반질거린다. 타월을 걸치고 싶지 않다. 그는 나체로 나온 나를 보더니 갑자기 딸꾹질을 한다. 테이블에 와인 두 잔이 놓여 있다. 그사이 그는 수의 같은 하얀 삼베로 갈아입고 소파에 앉아 있다. 무슨 옷이에요? 요즘 내가 즐겨 입는 옷이지. 그는 물놀이 온 아이처럼 편하게 행동한다. 붉은 햇살이 그의 헐떡거리는 숨소리를 따라 거실 가득 넘실거린다. 침실에는 변함없이 침대와 자개농이 깔끔하게 놓여 있다. 달라진 것도 눈에 띈다. 침대에 광목천이 깔려 있고 그 옆 탁자에 영정으로 준비해둔 사진이 놓여 있다. 사진에는 알라딘의 요술램프에서 본, 천진난만하게 웃고 있는 그의 모습이 담겨 있다. 왜 저 사진을 놓아뒀어요? 언제 어떻게 될지도 모르는 폐암 말기 환자인데 저 정도는 준비해둬야 하지 않을까? 그리고 난 혼자잖아. 그의 얼굴에 붉은 반점들이 크게 부풀어 있다. 충혈된 눈동자에 누런 눈곱이 끼기 시작한다. 그에게서 시큼씁쓸한 체취가 풍긴다. 언제 준비했는지 그의 손바닥 위에 푸른 비아그라 두 알이 뒹굴고 있다. 삼촌, 약은 먹지 마세요. 이미 삼촌은 충분히 부풀어 있어요. 그는 내 말이 끝나기도 전에 와인과 함께 비아그라를 삼켜버린다.

2년 전 이 아파트에서 마지막으로 도망치던 때처럼 긴장된다. 처음 만났을 때부터 안 박사는 날 못마땅하게 쳐다봤다. 나를 조카뻘이라 소개했지만 믿지 못하겠다는 표정이었다. 안 박사는 까다로운 내과 의사답게 폐암 환자니까 옆에서 간병을 잘해야 한다는 당부만 몇 번씩 반복했다. 그러나 그는 안 박사가 애써 말하는 주의 사항을 대수롭지 않게 듣고 있었다. 오로지 내 표정과 행동, 말에만 신경을 쓰고 있었다. 난 안 박사의 권유로 어쩔 수 없이 삼선교 아파트에서 거의 동거하다시피 생활하게 되었다. 그는 나에게 더욱더 빠져들었다. 그는 내 품속에서 번데기가 허물을 벗듯 나날이 변신했다. 변신을 거듭할수록 그는 나에게 달콤한 미끼를 많이 줬다. 스키장 회원권이나 차를 사주고 대학원 진학을 권했다. 심지어는 석이의 대학교 등록금까지. 그의 변신을 위해 난 나날이 영악스럽게 눈웃음을 지었다. 그는 내 손짓과 발짓에 따라 움직이는 피에로가 되었고, 석이를 머릿속에서 되씹을 때는 괴물처럼 변하기도 했다. 그는 스스로 대견스러운지 거울을 보면서 표독스럽게 웃곤 했다. 그의 공허한 눈동자에 내 모습이 비쳤다. 석이는 아파트 주변을 맴돌면서 이제 더 이상 그에게 빼앗을 것이 없다며 도망치자고 트집 잡기 시작했다. 그날도 석이의 냄새를 흠뻑 풍기며 아파트에 돌아오자 그는 벌거벗은 채 내 주위를 맴돌며 개처럼 킁킁거리면서 석이의 냄새를 맡았다. 그러곤 푸른 알약을 계속 씹었다. 그러자 붉은 반점들이 얼굴에 온통 뒤덮였고 온몸의 혈관은 지렁이처럼 꿈틀거렸으며 고장 난 엔진처럼 호흡이 거칠어졌다. 그는 내 옷을 우악스럽게 벗기더니 내 몸 구석구석을 미친 듯이 더듬기 시작했다. 그러더니 게거품을 흘리며 알 수 없는 주문을 외우듯 중얼거렸다. 넌 내 아내 같은 년이야. 넌 내 아내와 닮았어. 아니야. 내 딸같이 씩씩하고 착한 아이지. 난 아내와 딸 이야기는 처음 들었다. 그날따라 그는 발정 난 말처럼 몹시 집요했다. 공허한 눈동자에 섬뜩한 광기가 서려 있었다. 그는 격렬하게 내 안에서 움직였다. 나 역시 그의 광기를 풀어주고 싶어 내 괄약근에 한껏 힘을 줬다. 거친 호흡을 따라 그의 목젖이 심하게 껄떡거렸다. 나는 광기 어린 눈동자 깊숙이에서 알 수 없는 그림자를 보았다. 부탁해, 부탁해. 나를 무섭게 몰아붙이는 애절한 아우성이었다. 사정하는 순간 눈동자뿐 아니라 온몸의 근육이 확 허물어지면서 고목나무처럼 획 쓰러졌다. 그는 피를 토하며 정신을 잃었다. 난 잔뜩 겁이 나서 석이를 불렀고 안 박사에게 급하게 연락했다. 그러곤 범죄자처럼 재빠르게 주변을 정리하고 인천으로 도주했다.

침대 위 광목이 봄 햇살에 포근하다. 그를 광목 위에 편하게 눕힌다. 또 다른 그가 탁자 위에서 웃고 있다. 나는 그를 내 품에 아기처럼 품는다. 묵은 정이 너무 컸어. 삼촌이 아직도 따뜻하게 느껴지니까. 대답 대신 그의 손길이 내 젖꼭지를 아기처럼 쓰다듬는다. 꺼칠꺼칠한 그를 주무르면서 다시 한 번 속삭인다. 그는 더욱 깊숙이 내 품속으로 파고든다. 가쁜 숨 사이로 더듬더듬 마른 입술을 움직인다. 정말 고맙고 미안해. 그가 항상 입버릇처럼 말하는 가학적인 첫마디다. 너를 만나기 전에는 나를 본연의 내 그릇에 소담하게 담을 자신이 없었어. 너를 통해서 난 봉인되었던 또 다른 내 마음의 뚜껑을 열 수 있었지. 내 아내가 젊은 조교와 눈이 맞아 도망쳤을 때는 분노도, 원망도, 배신감도 느끼지 못한 채 그냥 우두커니 지켜만 봤어. 몇 년 전에 아내가 죽었다는 소식만 들었지. 또 10여 년 전 사랑하는 딸이 일본 여행 중 교통사고로 죽었을 때에도 난 비애나 절망을 느끼지 못하고 멍하게 하늘만 봤지. 그런데 아들놈까지 날 버리고 외국으로 떠난 거야. 난 외로움을 느낄 자신이 없었어. 죽을 자신은 더더욱 없었지. 넌 내 아내처럼 탐욕스럽고 잔인하기도 했고, 한편으로는 내 딸처럼 사랑스럽고 똑똑하고 씩씩하기도 했지. 난 내 아내나 딸과 지내는 것 같아서 정말 행복했어. 너를 닮고 싶었고 조금씩 닮아가더군. 그러는 동안 또 다른 내 마음의 봉인이 풀리면서 난 확실하게 표독스런 표정을 지을 수 있었지. 너무 행복하더군. 그는 지금 가장 긴 독백을 하고 있다. 난 그의 독백을 이미 알고 있다. 그랬기 때문에 지금까지 그와 거래해왔던 것이다. 그는 내 자궁을 쓰다듬기 시작한다. 앙상하고 꺼칠한 몸뚱이에는 온통 붉은 혈관들이 뱀처럼 꿈틀거린다. 넌 내 어머니 같은 자궁을 갖고 있어. 그 안에서 포근하게 다시 잠들고 싶어. 느릿하게 중얼거린다. 오후 햇볕이 그의 얼굴 위에 수채화처럼 아롱거린다. 그가 사랑스럽게 보인다. 석이도 고마웠어. 석이와의 삼각관계 때문에 난 지금까지 살아왔는지 몰라. 석이를 가슴 터질 정도로 질투했었지. 너와 석이가 어떤 수작을 부리는지 항상 신경을 곤두세웠거든. 더러운 욕망이 때로는 생명을 지탱시키는 법이야. 나는 힘겹게 그를 내 안에 받아들인다. 그는 내가 움직이는 대로 바싹 말라버린 장작개비 같은 근육들을 마지막으로 서서히 연소시킨다. 그의 열린 눈동자 속에 점점 정체를 알 수 있는 그림자가 스며든다. 봄 햇살이 그의 헐떡거리는 목젖을 따라 너울거린다. 도와줘. 부탁이야. 사정 후에 깨어나지 않더라도 가만있어줘. 제발 깨우지 말아줘. 나를 안고만 있어줘. 마지막 행복을 부탁할게. 그는 들리지 않는 독백을 계속 옹알거리고 있다. 나도 그를 재우기 위해 안 박사의 전화번호를 머릿속에서 지울 것이다.

텅 빈 입안

위 앞니 네 개가 빠졌다. 앞니 네 개는 포세린 4번 브릿지로 묶여 있다. 언제부터인가 덜렁거렸던 위 앞니들이었다. 몇 달 전 잇몸이 곪아서 치과에 갔더니 치과 의사는 1초의 여유도 주지 않고 "발치하세요"라고 단호하게 말했다. 겁이 나기보다 가슴이 허물어지는 듯했다. 머리가 텅 비는 느낌이었다. 다음에 오겠다며 진료 의자를 박차고 치과에서 빠져나왔다. 몇 달 동안 말을 아꼈으며 거의 죽으로 식사를 했다. 씹을 수가 없었다. 그저 덜렁거려도 잇몸에 붙어 있어야 마음이 놓일 것 같았다. 텅 빈 입안에 덜렁거리는 위 앞니들이 위로가 되었다. 그나마 네 개의 위 앞니 때문에 윗입술과 인중이 허물어지지 않았다. 간혹 거울을 보며 '아직 김효연이가 보이는구나'라며 스스로를 위로했다.

아버지의 영정을 만날 수가 없다. 입관하기 전에 그래도 김효연을 만들고 싶다. 혀를 입천장에 둥글게 말아 올린다. 그리고 들숨을 힘껏 들이켜며 볼을 부풀려본다. 눈을 크게 치켜뜬다. 얼굴을 쓰다듬어본다. 김효연이가 만들어지지 않는다. 얼굴이 허전하다고 느낀다. 아래턱을 끄덕일 때마다 악관절이 삐걱거린다. 눈물만이 주름 사이로 번진다. 턱을 꽉 다문다. 미끈한 아래위 잇몸만 맞닿는다. 가슴이 미어진다. "절대 안 됩니다. 그것은 불가능합니다. 신만이 할 수 있는 일이죠." 어제 치과 의사가 한 말들이 귓속을 맴돈다.

멍청이가 되면 어쩌지 하는 불안은 끝났다. 내 나이 마흔여덟 살에 멍청이인 아버지를 떠나보내면서 말이다. 아버지는 멍청이라고 불안해하지 않았다. 47년간 지속된 나의 불안이 아버지를 마지막까지 만날 수 없는 괴물로 만들었다.

어제였다. 오전 우유 배달을 끝내고 설거지를 하고 있는데 남동생에게 전화가 왔다. "누님, 아버지가 오늘내일하시니까 될 수 있는 대로 빨리 내려와서 아버지 얼굴이라도 마지막으로 보세요." 통보조의 말투였다. 거의 한 달 만에 듣는 동생의 목소리였다. 목소리에 냉랭함이 들어 있었다. "알았어." 익히 그런 대답이 나오리라 짐작한 듯이 동생은 다른 말이 없었다. 동생 전화를 받고 나자 설거지를 할 수가 없었다. 울화가 치밀었다. 정말 갑자기 걷잡을 수 없을 정도로. 행주로 개수대를 미친 듯이 쳤다. 온 얼굴이 벌겋게 달아오르고, 목에 핏줄이 터질 듯이 부풀어 올랐다. 바닥이며 개수대 주변에 온통 물이 튀었다. 행주 끝이 갈기갈기 찢어졌다. 행주를 잡고 있는 손부터 어깨까지 차츰 아파왔다. 씩씩거리고 있는데 땀이 줄줄 흘러내렸다. 그 숨결 따라 앞니들이 흔들거렸다. 아버지는 편안하게 떠날 수 있을까? 마지막까지 흐리멍덩하게 떠나는 것일까? 제발 좀 편안하게 떠나라! 행주를 더 힘껏 개수대 위로 내리쳤다. 어깨가 욱신욱신 아플 때까지. 개수대 주변에는 행주 조각들이 어지럽게 쌓여갔다.

병원 중환자실에서 아버지는 식물인간으로 링거 줄에 대롱대롱 매달려 있을 것이다. 머리카락 굵기만큼 숨을 쉬면서. 6개월 전 초겨울 즈음, 아버지는 친구 부탁으로 위험한 관급 전기공사를 맡게 되었다. 그때 아버지는 양쪽 무릎에 관절염을 심하게 앓고 있었다. 걸음걸이가 몹시 불편했다. 결국 공사 중 3층 높이에서 낙상했다. 응급실에서 남동생은 화부터 냈다. 한통속인 내가 들어야 한다는 듯이. "아버지는 늘 이런 식이야! 가만 계시라고 할 때 계실 것이지. 자식들 골치 아프게 만들고 말이야. 하지 말라고 몇 번이나 말했는데 내 앞에선 알겠다고 해놓곤 멍청이같이 친구 부탁이라고 거절도 못하고…… 도대체 뭐가 중요한지도 모르셔! 에잇!" 동생 입에서 또 멍청이란 말이 스스럼없이 나왔다. 엄마가 입버릇처럼 아버지에게 했던 말이다. 엄마가 죽은 지 20여 년이 지났건만 여전히 동생은 엄마가 그랬듯 그 말을 입에 달고 다닌다. 동생은 화를 내는 표정까지 엄마를 닮았다. 20여 년간 엄마에게서 봤던 표정이다. 뱁새눈처럼 치켜 올라가는 눈매랑 실룩거리며 벌겋게 달아오르는 입술 언저리랑. 언제부터인가 우리 가족은 얼굴 표정대로 편이 갈라졌다. 엄마는 뱁새눈을 하곤 평생 아버지를 들볶으며 살아왔다. 엄마 표정을 닮으며 남동생도 아버지를 엄마 식으로 몰아붙였다. 엄마 입에서 멍청이 같은 양반이라는 말이 끊이지 않았다. 아버지는 멍청이처럼 엄마의 울화를 다 받아줬다. 아버지의 유일한 넋두리는 소주 반 병을 마신 뒤 내게 하는, "네 엄마 왜 저러냐?"는 한마디 하소연뿐이었다. 그때마다 나는 스스로를 원망하듯이 아버지를 원망했다. 나는 엄마나 동생의 표정을 닮고 싶었다. 하지만 선천적으로 닮을 수가 없었다. 결국 아버지와 한편으로 몰렸다. 아버지가 어렵게 벌어오는 얼마 되지 않는 돈을 엄마는 마술 부리듯 부풀려서 집을 넓혀갔다. 20평에서 30평, 40평, 48평까지. 남동생은 늘 엄마와 붙어 다녔다. 엄마는 나하고는 같이 외출하지 않았다. "딸이 엄마를 별로 닮지 않았어. 반만 닮았어도 예쁠 텐데"라는 수군거림을 어릴 적부터 자주 들었다. 사춘기가 시작될 즈음 첫 고민이 엄마가 진짜 내 엄마인가 하는 의문이었다.

성인이 되면서 우리 가족은 편을 가를 수밖에 없다는 것을 깨달았다. 우울한 깨달음이었다. 엄마는 동생의 성격이나 외모가 아버지를 닮지 않아서 다행이라고 안도의 한숨을 쉬곤했다. 거울을 보며 엄마와 닮지 않은 얼굴 부위를 찾아봤다. 먼저 눈에 띄는 부위가 입언저리다. 아래위턱이 툭 튀어나왔고, 아래턱이 사각형이다. 아래위 치아 배열이 가지런하지 않고 서로 맞물리는 절단교합으로, 멍청이처럼 보일 수 있는 친가 쪽 부정교합형이다. 입안 치아 배열만 교정해도 엄마를 닮을 수 있을 것 같았다. 치아 교정치료를 해야겠다고 투덜거렸다. 엄마는 언제나 그렇듯 내 얘기를 듣는 둥 마는 둥이었다. 멍청이 같은 아버지가 처음으로 나에게 단호하게 대답했다. "교정치료는 안 돼! 미우나 고우나 내가 물려준 귀한 몸이야." 그래도 계속 투정을 부리자 아버지는 처음으로 화를 냈다. 절대 안 된다며 언성을 높였다. 왜 아버지가 화를 내는지 아리송했고, 뜻밖이었으며, 원망스러웠다. 나 역시 처음으로 아무도 예상치 못한 일을 저질렀다. 아버지가 반대할수록 더욱 반발심이 커져갔다. 같은 편끼리는 일어날 수 없는 일이었다. 대학교 3학년 1학기 휴학계를 제출하고 등록금으로 치과를 찾아가서 교정치료를 시작했다. 엄마에게 부탁했다. 보호자로 한 번쯤 치과에 함께 가 유전적인 골격을 치과 의사에게 보여달라고. 엄마는 마뜩잖은 얼굴로 자신의 결혼 전 사진을 나에게 던졌다. 사진 속 엄마는 갸름한 골격과 가지런한 치아 배열을 갖고 있었다. "네가 알아서 네 인생을 만들어가. 내 원망일랑 하지 말고. 난 흐리멍덩한 네 아빠가 정말 지긋지긋해. 착한 줄은 알고 결혼했지만 흐리멍덩한 건 네 아빠 하나로 족해. 너에겐 미안하지만 널 임신했을 때 전혀 기쁘지 않았어. 너에게 모성애를 느낄 수 없었지. 내가 첫사랑 남자에게 배신당하고 만신창이가 됐을 때 마침 네 아빠가 옆에 있었어. 난 그냥 자포자기하는 심정으로 결혼했지. 그리고 덜컥 임신했고. 오로지 배신에 대한 분노로 세월을 보냈지. 근데 커가는 너 역시 네 아빠처럼 흐리멍덩하더구나. 내 마음 다스리기도 힘겨운데 너까지 제대로 키울 모성애는 안 생겼어." 엄마는 전혀 미안해하는 얼굴이 아니었다. 어쩔 수 없지 뭐. 속으로 중얼거리면서도 엄마를 닮고 싶었다. 오히려 아버지가 원망스러웠다. 바로 치과로 갔다. 아래와 위, 작은 어금니 네 개를 사흘 간격으로 발치했다. 잇몸에 국소마취주사액이 주입될 때 아픔보다는 기쁨이, 슬픔보다는 설렘이 핏줄 속으로 퍼져나갔다. 머릿속 과거도 마비되어갔다. 멍청이 같은 내가 사라지는 듯했다. 치과 의사가 의아한 듯 "아프지 않나요? 왜 웃고 있죠?"라고 물었다. 고등학교 2학년 때 학예회 연극

공연에서 지나가는 행인 역을 맡았던 기억이 지워지고 있었다. 발치감자(拔齒柑子)가 치아를 꽉 잡고 흔들었다. 나는 어느덧 지미추 킬힐에 루이비통 백을 들고서, 블루마린 원피스를 입고 샤넬 향수를 풍기며 홍대 앞이나 청담동 거리를 걷고 있는 듯했다. 물린 솜뭉치 사이로 피가 스며 나와 입안을 채웠다. 고인 피를 힘껏 삼켰다. 마치 변신을 위한 줄기세포 수액처럼. 치과 의사가 뽑힌 두 개의 작은 어금니를 보여줬다. 거즈에 싸인 두 개의 어금니가 진주처럼 반짝였다. 치과 의사는 "예쁘죠?"라며 영롱한 두 개의 작은 어금니를 신비스러운 듯 바라봤다. 하지만 나는 변신하고 있었다. 내게는 이제 두 개의 작은 어금니가 바퀴벌레처럼 보였다.

집에 돌아오니 엄마는 피식 웃었고 동생은 놀라서 어리둥절한 표정을 지었으며 아버지는 불같이 화를 냈다. 아버지의 얼굴은 벌겋게 달아올랐다. 나는 그저 담담하게 듣기만 했다. 아버지는 이해할 수 없다는 표정을 지으며 말했다. "왜 내 말을 듣지 않는 거냐. 네 몸은 너 혼자 몸이 아냐. 나의 분신이기도 해. 네 앞날이 어떻게 될 것 같으냐?" "지 좋을 대로 놔두구려. 흐리멍덩한 당신보단 낫네요." 엄마가 던진 말에 엄마와 같은 편이 된 것 같았고 은근히 기뻤다. 아버지는 더 이상 말이 없었고, 밖으로 나갔다. 상한 가슴을 소주로 삭이려는 모양이었다.

동생은 엄마를 닮아가면서 괜찮은 대학교 경영학과에 입학했다. 아버지의 모든 것이 싫다며, 엄마를 좇아 아버지가 하는 일마다 불만스러워했다. 엄마는 남동생이 대학에 입학하자 할 일을 다 했다는 듯이 분주하게 외출했다. 얼굴부터 다듬기 시작했다. 눈매랑 콧날이랑 목 언저리 주름이랑. 엄마의 변신은 화려하고 야했다. 헬스클럽에서 몸매 가꾸기에도 여념이 없었다. 그동안 억울하게 보낸 세월을 한목에 보상받으려는 기세였다. 엄마가 밖으로 나돌수록 아버지는 집 안으로 더욱 깊게 움츠러들었다. 엄마에게 한마디 불평이나 잔소리조차 내비치지 않았다. 결국 난 치아 교정치료를 마쳤다. 아버지는 마뜩잖은 눈길로 나를 보면서 안쓰러운 표정을 짓곤했다. 그런데 2년간 교정치료를 받았건만 당당하게 청담동을 걸어 다닐 수는 없었다. 친구들도 거의 치아 교정치료를 하고 있었다. 치아만 가지런하게 배열되어 있을 뿐이었다. 거울을 보고 웃어봤지만 엄마의 웃음을 따라 할 수 없었다. 입술은 야하게 도톰해지지 않았다. 웃을 때도 입술은 여전히 얇게 옆으로 찢어졌다. 대학 졸업 후 기업체와 은행 등 여러 곳에 원서를 냈고, 면접도 치렀다. 그러나 번번이 마지막 관문을 통과하지 못했다. 온몸에 몇천만 원씩 들인 친구들은 보란 듯이 축배를 들었다. 아버지는 "너도 엄마처럼 기형괴물이 되어가는구나"라며 한숨을 쉬었다. 교정치료를 담당한 치과 의사도 치아 교정만으로는 원하는 얼굴을 만들 수 없다는 실망스런 말만 되풀이했다.

백수 생활 몇 년 만에 겨우 자그마한 중소기업의 경리과에 취직했다. 실력이나 얼굴 때문이 아니었다. 아버지의 친구 소개로 가능했다. 그즈음 엄마는 엄마 방식대로 난데없이, 그러나 화려하게 세상을 떠났다. 억울하지는 않았을 것이다. 엄마는 그렇게 세상을 떠나길 원했을 테니까. 도봉산 근처 모텔에서 대낮에 화재가 났다. 엄마가 거기 있었다. 아버지가 부검실로 갔을 때 엄마는 거의 형체를 알아볼 수 없을 정도로 까맣게 타 있었다. 유전자 검사로 겨우 엄마임을 알았다. 모텔방에 까맣게 탄 남자가 함께 있었다는 것을 알게 되었다. 두 사람은 벌거벗은 채였다. 엄마 나이 48세였다. 아버지는 아무 말 없이 엄마를 납골당에 안치했다. 나와 동생은 며칠을 서럽게 울었다. 나는 정말 안타까웠다. 이제야 엄마를 닮아가고 있는데. 화장실 거울 속에서 엄마를 닮아가는 괴물을 볼 수 있었다. "엄마는 참 화끈하게 갔어" 하고 중얼거렸다. 얼굴을 몇 번씩 씻어도 네 개의 이가 빠진 입 주위는 어그러지고 있었다. 그때부터 나는 이를 갈기 시작했다. 뿌드득 뿌드득.

아버지는 식물인간으로 링거 줄에 대롱대롱 매달려 있을 것이다. 머리카락 굵기만큼 숨을 쉬면서. 멍청이. 멍청이. 내 입에서 동생이 하듯이 멍청이란 말만 튀어나온다. 온몸이 풀리면서 행주 조각들이 어지럽게 흩어져 쌓인 부엌 바닥에 풀썩 주저앉는다. 냉장고에서 반병 정도 남은 소주를 꺼내 냉수 마시듯 들이켠다. 취기가 온몸에 벌겋게 퍼진다. 알코올이 응어리로 꽉 막힌 마음을 건드린다. 응어리가 마음속에서 걷잡을 수 없이 솟구친다. 응어리로 뭉친 눈물이 목 깊숙한 곳에서 터져 나온다. 그러자 앞니가 심하게 흔들린다. 울음을 멈출 수 없다. 오히려 울음은 점점 커져간다. 12평 임대아파트 안이 온통 엉엉거리는 소리로 꽉 찬다. 좁은 창문이 시커먼 구름으로 가려진다. 앞니들은 잇몸에 간들간들 매달려 울음 따라 덜렁거린다. 아버지는 왜 엄마를 만났을까? 나는 왜 그놈을 만났을까? 울화가 울컥 치민다. 온몸을 부르르 떤다. 핏줄들이 팽팽하게 부푼다. 아버지는 알고 있었다. 엄마가 하는 꼬락서니를. 엄마가 매일 멍청이라고 지껄여도 묵묵히 삼켜야 했다. 엄마가 밤늦게 술 취해 들어와도 묵묵히 문을 열어줬다. 야한 향수 냄새가 나도, 비릿한 땀내가 나도, 느끼한 남자들의 냄새가 풍겨도 아버지는 한마디 말없이 문을 열어주곤 문간방으로 들어갔다. 엄마와 함께 산 27년이 그래도 더 좋았다고, 엄마가 죽은 후 오랫동안 넋두리를 늘어놨다. 아버지는 엄마가 첫사랑에 배신당해 만취 상태로 뒹굴 때 너무 불쌍했단다. 동정심이 아버지를 멍청이로 만들었어도 지독한 외로움보다는 훨씬 행복했다는 것이다. 엄마와 결혼하려고 할 때 직장 동료들이 다들 미쳤냐며 아버지를 말렸지만, 아버지는 미치고 싶었단다. 고아로 살아왔던 시간이 너무도 끔찍했으니까.

아버지가 고아였다는 사실을 엄마는 로또가 꽝이 된 듯한 쓴 얼굴로 이야기했었다. 갓 대학에 입학한 남동생은 엄마 표정을 흉내내며 "나는 지지리 조상 덕도 없어서 앞날이 뻔하겠네. 어떤 놈들처럼 할아버지가 땅을 듬뿍 유산으로 주는 재수 좋은 팔자도 아니고"라며 한숨을 푹 쉬었다. '아버지 팔자는 아버지가 만든 거야' 하고 나는 생각했다. 순간, '내 팔자는?' 등골이 서늘해졌다. 내 팔자가 지금 네 개의 앞니만 덜렁거리며 비참하게 몰락하고 있다. 차라리 아버지의 멍청함을 닮았으면 지금 몇 개의 치아가 남았을까? 울음이 커질수록 앞니들은 금방이라도 빠질 듯이 흔들린다. 앞니들이 심하게 간들거려도 지금은 맘껏 울고 싶다. 멍청한 아버지가 불쌍해서 울어야 한다. 내가 불쌍해서 울어야 한다. 아버지가 낙상하기 전 우리 집을 마지막 방문했을 때가 떠오른다. 아버지는 쓴웃음을 지으며 말했다. "네 앞니들은 그래도 간신히 붙어 있구나." 화끈하게 세상을 떠난 엄마 모습이 아버지 얼굴에 겹친다. 냉장고에 기대 웅크리고 있던 속이 메스껍다. 울음으로도 토할 수 없는 마음속 응어리가 뒤틀렸다. 참을 수 없을 정도로 토악질이 심하게 솟구쳤다. 온몸이 경련을 일으켰다. 급하게 화장실로 갔다. 세면대에 고개를 처넣고 토악질을 계속했다. 콧물, 눈물로 온 얼굴이 범벅된 채 가슴을 탕탕 치며 응어리를 계속 토했다. 그러다 흐르는 콧물이 빠르게 입술로 흘러내릴 때 입안이 허전함을 느꼈다. 세면대 속 물은 쉴 새 없이 하수구로 흘러내렸다. 잇몸에서 떨어지는 느낌도 없이 앞니들이 하수구 소용돌이 속으로 빨려 들어갔다. 급하게 입안으로 손을 넣었다. 앞니들이 사라졌다. 거울을 봤다. 흐릿한 실루엣이 도대체 뭔지 알아볼 수 없었다. 거울을 문질렀다. 김효연은 없고 낯선 괴물이 거기 있었다. 내가 포획할 수 없는 괴물이 거울 속에서 흐느꼈다. 아버지! 아버지! 갑자기 아버지를 부르고 싶었다. 하지만 아무리 외쳐도 이미 늦어버린 그리움이었다. 아버지란 말이 가슴속을 맴돌아 그저 엉엉거릴 수밖에 없었다.

남편을 처음 아버지에게 소개했을 때, 아버지는 눈살을 찌푸리면서도 시종 묵묵히 우리들 얘기를 듣기만 했다. 남편은 긴장하지도 않고 오랫동안 봐온 사람처럼 나와 결혼하고 싶다면서 나긋나긋 얘기를 했다. 남동생은 같은 편을 만난 것처럼 생글거리며 남편과 어울렸다. 아버지는 남편 얘기를 들은 후 "내 딸을 진정 사랑해서 결혼하려고 하나?"라고 질문을 던졌다. 평소 같지 않게 아버지 목소리가 묵직했다. 남편

은 당황한 듯 한동안 머뭇거리더니 "네!"라고 대답했다. 남편
을 만난 며칠 후 내 방에 아버지가 들렀다. 남편을 사랑하느
냐고 나에게 조심스레 물었다. '예'라는 대답이 쉽고 빠르게
나왔다. 아버지는 한숨을 쉬더니 결혼 준비 이야기를 꺼냈다.
'그런데 엄마가 없어서 어떻게 하지?' 그러나 그때 나는 아버
지의 한숨에 마음을 쓸 겨를이 없었다. 그만큼 나는 남편에게
푹 빠져 있었다. 남편과 만난 것은 엄마가 죽은 그해였고, 태
영금속 경리과에서 겨우 일에 익숙해질 무렵이었다. 소개해
준 친구에 대한 믿음 때문인지 사장은 회사의 입출금 통장을
내게 맡겼다. 남편은 회사의 주거래은행에서 근무했다. 남편
은 미끈한 얼굴로 생글생글 웃으며 우리 회사의 업무를 처리
해줬다. 남편을 보는 순간 엄마를 닮아야겠다는 욕망이 솟구
쳤다. 바람이 아니고 욕망이었다. 남편의 묘한 웃음에, 상냥
한 말투에 나는 들뜨기 시작했다. 거울 속 내 얼굴을 엄마처
럼 만들어갔다. 치아교정은 이미 마쳤으며 눈꺼풀 성형은 첫
월급을 받자마자 손을 댔다. 보톡스를 이마, 눈살, 눈가에 맞
았다. 코를 약간 높였을 때 남편 눈동자가 잠깐 반짝였다. 아
버지는 몹시 걱정스런 눈길을 나에게 던졌다. "꼭 그렇게 얼
굴을 고쳐야 하니?" 애걸하듯 서글픈 목소리였다. 그 말이 내
귀에 박힐 리 없었다. 동생은 '괜히 애쓰고 있는 거 아냐?'라
는 듯 조롱 섞인 눈길을 보냈다.

나는 성형을 하고 나면 신사동 가로수길이나 홍대 앞 카페에 혼자 앉아 주위의 시선을 관찰했다. 그리고 고등학교 동창을 만나서 반응을 살폈다. 그러나 기대했던 것만큼의 신통한 반응은 없었다. 고등학교 동창들도 나처럼 의무 사항인 양 성형외과를 다니고 있었다. 어디까지 했는가, 어느 병원이 더 솜씨 있는가, 어떤 식으로 했는가 등이 만나면 나누는 대화의 주제가 됐다. 내가 한 얼굴 성형은 당연히 결혼 전 해야 할 목록이었다. 은행대출까지 받아서 성형수술을 했건만 남의 시선을 확 끌 수는 없었다. 남편의 반응도 평소처럼 생글생글 웃는 것으로 그쳤다. 코를 높였을 때 겨우 콧날이 예뻐졌다고 지나가는 말을 했다. 가끔 눈웃음과 함께 눈동자가 음침하게 반짝였다. 그런 눈길이라도 좋았다.

은행을 출입한 지 일 년쯤 됐을 때, 남편이 갑자기 열흘 정도 은행에서 보이지 않았다. 병가였다. 혼자 마음만 애태울 뿐이었다. 미칠 정도의 짝사랑이라는 것을 알게 되었다. 남편이 은행에 나타났을 때 생글거리는 날씬한 펭귄 행색은 찾아볼 수 없었다. 남편은 파리한 얼굴로 침울하게 업무만 보고 있었다. 하루하루가 남편에 대한 걱정으로 채워졌다. 하지만 멍청하게 바라만 볼 뿐이었다. 다시 남편이 은행에 출근한 지 일주일쯤 지났을 때, 남편이 내게 데이트 신청을 했다. 늦가을이었고 비가 와서 약간 쌀쌀한 금요일이었다. 당혹스러울 정도로 갑작스런 데이트 신청이었다. 그러나 내가 거절할 이유는 없었다. 남편에게서 이전의 생글거리는 얼굴이 언뜻 보였다. 정말 기뻤다. 하지만 눈 속 깊숙이 깔린 음침함은 볼 수 없었다. 아니, 보이지 않았다. 마음이 들뜨는 금요일이었고 센티멘털해지는 날씨였다.

삼청동 카페에서 저녁식사를 했다. 와인을 따라주는 대로 마셨다. 남편은 생글거리며 나긋나긋 얘기했다. 내 일생 가장 멍청한 날이 됐다. 남편의 웃음과 이야기에 매료되었고, 남편의 손짓과 눈짓에 놀아났다. 양귀비 우윳빛 즙액을 마신 듯 황홀했다. 상상했던 꿈같은 일이 금요일 밤의 삼청동에서 일어났다. 무중력 상태에 빠진 듯 나는 남편 뜻대로 휘청거렸다. 남편이 이끄는 대로 모텔로 갔다. 그리고 잊을 수 없는 밤이 되었다. 남편은 나를 거칠게 다뤘다. 오직 섹스만을 위해 온 밤을 새우자는 듯이. 내 스마트폰이 계속 울렸다. 내가 스마트폰을 집으려 하자 남편은 그냥 꺼버렸다. 어렴풋이 아랫도리에 심한 통증을 느꼈지만 오로지 기쁘기만 할 뿐이었다. 남편은 허기진 사람처럼 나를 밤새 탐했다. 다음 날 아침 남편은 "정말 숫처녀였어" 하고 피식 한 번 웃기만 했다. 그날 이후 우리는 거의 매일 만났다. 이미 나는 남편 눈치만 보는 여자가 되어버렸다. 전과 달라진 나를 보고 아버지가 걱정스레 물었지만 나는 아무 일 없다며 둘러댔다. 남편이 나를 어떻게 바꿔놓았는지 말하고 싶지 않았다.

함께 첫 밤을 보내고 6개월쯤 되었을 때, 남편은 갑자기 결혼을 서둘렀다. 파주에서 농사짓는 시부모를 결혼 일주일 전에 처음 찾아뵈었다. 남편은 5형제 중 넷째로, 독학하다시피 공부해 유일하게 대학을 졸업했다. 일흔을 넘긴 시부모는 손바닥만 한 논에서 짓는 농사로 생계를 꾸려가고 있었다. 남편은 주식으로 대박을 내주겠다며 1,500만 원이 적립된 내 통장을 빼앗아 간 지 오래였다. 신혼여행 때부터 남편은 회사 돈을 잠시 굴리자고 나긋나긋 나를 꾀었다. 결혼하고 얼마 되지 않아 알게 된 사실이지만, 남편은 은행에 거의 1억 가까이 대출을 받은 상태였다. 게다가 은행 내규 위반으로 불명예 퇴직이 되어 있었다. 겨우 선배 소개로 새마을금고에 재취업할 수 있었다. 이런 모든 사실을 아버지에게는 알리지 않았다. 그런 게 중요하다고 생각하지 않았다. 신혼의 행복감에 젖어 있었고, 함께 벌어 갚으면 된다고 생각했다. 대출금 상환을 위해 신혼집을 줄여 12평 임대아파트로 옮겼다. 결혼 두 해째부터 남편은 내 이 가는 소리에 잠을 잘 수 없다며 내 옆에서 멀어지기 시작했다. 하지만 남편은 나보다 더 심하게 이를 갈았다. 뿌드득 뿌드득.

아버지는 식물인간으로 링거 줄에 대롱대롱 매달려 있을

거야. 머리카락 굵기만큼 숨을 쉬면서. 반드시 네 개의 앞니를 찾아야 한다. 세면대 하수구 쪽으로 급하게 검지를 집어넣었다. 검지로 하수구 안을 휘저어봐도 걸리는 게 없다. 신발장에서 드라이버와 망치를 갖고 와서 세면대 하수구 배관을 돌리고 쳐본다. 거울에 비친 괴물은 입가와 눈가가 주름으로 자글자글하다. 턱이 너무 깎여 새 대가리처럼 보인다. 볼이 쏙 들어가서 광대뼈만 툭 튀어나왔다. 입술이 입안으로 말려 들어가서 보이지 않는다. 입안이 텅 비었다. 이 가는 소리도 낼 수 없다. 코를 몇 번씩이나 세운 탓에 코끝이 몽툭하고 콧구멍은 위로 뚫려 있다. 거울 속 괴물이 무섭고 징그럽다. 눈꺼풀이 사납게 치켜 올라갔다. 어디서 나타난 괴물인지 알 수 없다. 네 개의 앞니를 찾아서 김효연을 만들어야 한다. 이런 몰골로는 아버지가 알아보지 못할 터이다. 망치로 세면대를 탕탕 친다. 세면대가 깨진다. 더 힘껏 내리친다. 악관절에서 덜커덕덜커덕 소리가 난다. 괴물이 내는 신음이다. 너무 억울해서 나는 소리다.

결혼 3년째 되던 해 나는 공금횡령으로 형사 입건됐다. 회사 돈에 손을 댄 건 남편의 꾐 때문이었다. 그제야 아버지가 우리 사정을 알게 되었다. 어쩔 수 없이 48평 아파트를 팔아서 30평으로 옮겼다. 아버지가 우리의 엄청난 빚을 갚아줬다. 동생은 씩씩거리며 나와 아버지를 싸잡아 멍청이라고 비난했다. 나는 아버지에게 미안하다는 생각이 들지 않았다. 남편이 빚더미에서 벗어난 것만 기뻤다. 친정에 갔을 때 아버지는 안타까운 듯 한마디 했다. "나는 고아였기 때문에 네 엄마 같은 여자라도 괜찮았지만 너는 달라. 내가 너를 얼마나 곱게 키웠니? 너는 이 서방 같은 남자를 만나지 말았어야 했어. 지금이라도 이혼하는 게 어떠냐?" 나는 아버지와 같은 편이 되기 싫었다. 아버지처럼 될까 봐 불안했다. 아버지의 걱정스런 말보다 남편 지갑 속에 꽂힌 여자 사진이 나를 더욱 불안하게 만들었다. 우연히 책상 위에 놓인 남편 지갑 안에서 여자 사진을 봤다. 고이 간직한 빛바랜 사진이었다. 지갑 속에 내 사진은 없었다. 사진 속 여자는 굉장한 미인이었다. 특히 얼굴이 곱살하게 갸름했다. 그 시절 남편은 나의 이 가는 소리를 핑계 삼아 나를 점점 멀리했다. 자신의 이 가는 소리가 더 심하다는 것을 알지 못한 채. 잔무가 있다며 늦게 귀가하거나 업무차 출장이라며 외박이 잦아졌다. 나는 정신없이 남편 뒤를 캐기 시작했다. 남편은 의부증 걸린 정신병자로 나를 몰아갔다. 그리고 치통이 온 입안을 돌아다녔다. 나는 시댁 식구들에게 남편의 과거를 캐물었다. 짐작대로 사진 속 여자는 남편의 첫사랑이었다. 그리고 배신의 고통을 몇 년간 겪었다는 것도 알게 되었다.

사진 속 여자가 나를 괴롭혔다. 거울 속 나는 사진 속 여자

만큼 남편을 뜨겁게 할 수 없었다. 남편을 사진 속 여자에게서 되찾고 싶었다. 하지만 남편은 아직 그 여자에게서 빠져나오지 못했다. 그리고 서른을 넘겨야 했다. 아기를 갖고 싶었다. 남편은 어려운 형편을 핑계로 아기를 원치 않았다. 또한 아기를 갖기 위해서라도 돈이 필요하다고 했다. 나는 선배의 백화점 여성복 매장에 파트타임 비정규직으로 일하게 되었다. 이때부터 치통은 남편의 행동에 따라, 마음고생에 따라 입안 이곳저곳을 돌아다니기 시작했다. 남편에 대한 불안이 점점 커질수록, 치통도 심해졌다. 치통이 심해질수록 사진 속 여자는 점점 더 나를 괴롭혔다. 건넌방 남편의 이 가는 소리를 들으며 나는 치통으로 밤을 지새웠다. 특히 아래 왼쪽 큰 어금니의 통증이 심했다. 매장 업무 때문에 몇 주를 견뎠지만 결국 뽑고 말았다. 서른을 넘기는 징후였을까. 치아를 다섯 개째 잃는 쓸쓸함을 느꼈다. 며칠간 사진 속 여자를 저주하며 가슴앓이를 했다.

취직 후 세번째 회식이 있던 날이었다. 매출 상승으로 기분이 좋아진 선배는 강남의 분위기 있는 레스토랑을 예약했다. 그곳에서 남편이 어떤 여자와 함께 있는 것을 봤다. 바로 사진 속 여자였다. 나는 모른 체했다. 남편은 생글생글 웃으며 마냥 즐거운 얼굴이었다. 먼발치였지만 달걀형의 갸름한 여자 얼굴을 알아보기는 어렵지 않았다. 우리가 도착하고 얼마

뒤 두 사람은 식사를 마치고 레스토랑을 떠났다. 나는 가슴이 조여와서 고개를 푹 숙이고 숨을 가쁘게 몰아쉬었다. 곁눈질로 본 여자는 사진에서 본 것처럼 아름다웠다. 욕지기로 음식이 넘어가지 않았다. 급히 화장실로 가서 울고 있는 거울 속 얼굴을 찬찬히 바라봤다. 쌍꺼풀과 높인 콧대, 보톡스를 주입한 이마와 눈살, 도톰한 입술선을 여자와 비교했다. 내 얼굴도 돈 들인 만큼 나름대로 맵시를 뽐내고 있었다. 밉지는 않았다. 동생의 코웃음은 결국 넓적한 사각턱 때문이었다. 여자는 갸름한 달걀형 얼굴선을 갖고 있었다. 마치 엄마의 얼굴처럼. 남편의 눈길은 늘 내 사각턱 어름에서 머뭇거리다 사라져버렸다. 그날 밤, 남편은 전화 한 통 없이 집에 들어오지 않았다. 남편은 나날이 뻔뻔스러워졌다. 나는 멍청이처럼 혼자 가슴앓이만 할 뿐, 뻔뻔한 남편에게 말 한마디 못했다. 불면증은 갈수록 심해졌다. 나도 아버지처럼 소주 반병으로 불면증을 쫓으면서 가슴속 응어리를 삭여야 했다. 남편에게 집은 잠시 들렀다 나가는 뜨내기 잠자리에 불과했다.

2년간 열심히 저축했다. 웬만큼 돈이 모였을 때쯤 양악 수술 전문 치과를 찾았다. 결혼 5주년 되는 날 거울을 보면서 양악 수술을 해야겠다고 다짐했다. 남편을 되찾고 싶었다. 친절한 40대 초반 구강외과 의사는 양악 수술에 대해 설명하면서 다시 한번 생각해보라고 몇 번씩이나 얘기했다. "양악 수술은 아래턱과 위턱을 정상교합으로 조정하기 위해 골격을 절제하는 수술입니다. 물론 환자분도 절단교합이지만, 꼭 양악 수술까지 할 필요는 없습니다. 부작용이 생길 수 있으니 잘 생각하셔서 결정하세요." 나는 한 치의 망설임도 없이 하겠다고 단호하게 대답했다. 엄마와 여자의 얼굴이 내 눈앞에서 어른거렸다. 꼭 그들처럼 되어야겠다고 다짐하며 입을 꽉 다물었다. 수술동의서를 읽고 서명을 했다. 수술동의서에는 수술 중이나 수술 후 일어날 수 있는 부작용이나 후유증에 대해 치과 의사가 책임질 수 없다는 내용이었다. 전신마취로 인해 사망사고도 일어날 수 있다고 적혀 있었다.

수술 후 몇 달이 지나자 엄마의 모습이 내 얼굴에서 언뜻 비쳤다. 거울 속에서 갸름한 얼굴의 괴물이 낄낄거리고 있었다. 수술 중 아래 작은 어금니 두 개가 내 입안에서 사라졌다. 오랜만에 백화점 매장에 나갔더니 동료들이 내 변신에 놀라워했다. 남편도 깜짝 놀라는 표정이었다. 하지만 별말이 없었다. 나는 섭섭했다. 모처럼 간 친정집에서 아버지는 처음에 나를 못 알아보겠다는 듯 내 얼굴을 꼼꼼하게 살폈다. 그러더니 버럭 화를 냈다. "무슨 꼬락서니냐? 이렇게까지 해야 됐냐? 귀여웠던 내 딸은 도대체 어디로 간 거냐? 네 모습을 전혀 찾을 수가 없잖아." 그러곤 입을 꽉 다물더니 눈시울을 붉혔다. 나는 멍청하지 않다는 듯 아버지를 향해 환하게 웃어줬다. 동생은 "엇! 제법이군" 하며 놀라는 눈빛이었다. "누나도 엄마를 닮았었네." 비웃음 섞인 말투였다. 킬힐을 신고 명품 원피스를 입으니 사진 속 여자 못지않은 늘씬한 아가씨가 되었다. 신사동과 청담동 거리를 돌아다녔다. 지나가는 사람들이 힐끔힐끔 나를 봤다. 기분이 상쾌했다. 매장 선배가 이왕이면 지방흡입술도 해보라고 권했다. 성형은 온라인 게임처럼 중독성이 강했다. 망설이지 않고 매장 언니가 아는 성형외과에서 지방흡입술을 시술받았다. 어릴 적 김효연은 사라졌다. 전혀 섭섭하지 않았다. 허물 벗듯 홀가분했다.

그래도 남편은 나에게 돌아오지 않았다. 잠자리에서 홀로 지내는 날이 계속되었다. 남편은 나를 정신병자로 취급했다. 나는 멍청하게 남편의 싸늘한 눈길을 받을 수밖에 없었다. 이혼 서류만 가정법원에 제출하지 않았을 뿐, 별거 상태로 몇 년을 지냈다. 남편에게 울고불고 매달리며 애원했지만 멍청이라고 냉대만 받았다. 거의 알코올에 밤을 맡겼고 도박으로 마음을 달랬다. 별거는 남편의 실종 상태로 이어지면서 내 나이 마흔 살을 넘겨서까지 계속되었다. 시댁 식구들도 남인 양 소식을 끊었다. 남편은 결국 나를 멍청이로 만들어버렸다. 이혼 서류도 필요 없었다. 부산에서 첫사랑 여자와 살림을 차렸다는 소문을 들었다. 소문을 확인하고 싶어 부산으로 내려갔다. 남편은 이미 두 아이의 아버지가 되어 있었다. 서울로 향하는 KTX 기차에서 차창 밖을 보며 개새끼라고 혼자 중얼거렸다. 이제야 남편이 개새끼로 보였다. 남편은 내가 만든 개새끼다. 마흔두 살에 이혼 서류도 필요 없는 이혼녀가 되어버렸다. 이미 그때 나는 나도 모르게 당뇨병에 시달리고 있었고, 입안에 남아 있는 치아는 위아래 아홉 개뿐이었다.

아버지는 식물인간으로 링거 줄에 대롱대롱 매달려 있을 거야. 머리카락 굵기만큼 숨을 쉬면서. 부서진 세면대 하수구 배관에 앞니들이 걸려 있다. 앞니들을 고이 휴지에 쌌다. 어두워지는 봄날 거리를 급히 뛰어서 아파트 근처 치과로 갔다. 두 명의 환자가 대기실에 있었다. 치과위생사가 나를 보더니 괴물 같은 행색에 깜짝 놀란다. 잠시 후 치과 진료의자에 앉자마자 휴지에 싼 앞니들을 치과 의사에게 내밀면서 말했다. "이것들을 하루만이라도 입안에 다시 꽂아주세요." 친절하게 웃던 치과 의사의 얼굴에서 웃음기가 사라지며 놀란다. "이미 발치된 치아는 다시 꽂을 수 없습니다." 나는 울부짖기 시작했다. "제발 하루만이라도 부탁드려요. 꼭요, 선생님." 울음은 점점 커지면서 멈춰지지 않았다. 평소 잘 웃던 치과 의사가 몹시 난감한 표정으로 나를 바라본다. "그건 정말 불가능합니다. 신만이 할 수 있는 일이에요. 제발 진정하세요, 우유 배달 아주머니. 그래서 제가 몇 년 전부터 치아 관리를 잘해야 한다고 했죠." 나는 막무가내로 울부짖으며 억지를 부린다. "아버지가 돌아가시기 전에 한 번만이라도 만나야 해요. 도저히 이런 꼴로는 아버지를 만날 수 없어요. 아버지 앞에서만은 괴물이 되기 싫어요." 얼굴이 울퉁불퉁 어그러지기 시작한다. 울음만 텅 빈 입안에서 계속 터져 나올 뿐, 말은 혀끝에서 제대로 이어지지 않는다. 제발, 제발, 이 말만 겨우 울음 끝에 딸려 나올 뿐이다. 치과 의사와 위생사들이 난감한 표정으로 멍청이 같은 내 모습을 쳐다본다. 그동안 우유 배달만 하면서 임대아파트에 틀어박혀 살아야 했다. 아버지에게 연락은 자주 왔지만 만날 수 없었다. 이미 아버지가 걱정하던 괴물로 변해 있었다. 간혹 아버지가 임대아파트를 찾아왔다. 나는 짜증을 내면서 아버지를 내몰았다. 눈꺼풀은 처지고, 콧대는 내려앉았으며, 이마나 볼은 자글자글 주름으로 덮였다. 양악 수술 후유증으로 안면마비가 나타났다. 당뇨병 때문에 일 년에 한두 개씩 치아가 저절로 빠졌다. 엄마가 화끈하게 세상을 떠난 마흔여덟 살, 같은 나이에 나는 입안이 텅 빈 괴물이 되어버렸다. "틀니라도 내일까지 만들어주세요, 제발." 치과 의사가 더욱 난감한 표정을 짓는다. 제발, 제발, 이 말만 흐느끼면서 튀어나온다. "임시 틀니 제작 기간이 최소한 열흘입니다. 우유 배달 아주머니, 사정은 딱하지만 도저히 들어드릴 수가 없는 부탁이에요." "도저히 이런 꼴로는 아버지를 마지막으로 만날 수 없어요." 나는 미친 듯이 울부짖는다. 얼굴에 웃음기가 사라지며 치과 의사가 "안 됩니다"라고 단호하게 말한다. "제발, 제발" 억지소리만 울음 따라 커져간다. 그때 핸드폰이 울리며 동생 목소리가 들린다. "아버지가 방금 돌아가셨어."

퍼플 카드

오늘 어디로 산책할까? 내가 던진 말에 할머니가 웃는다. 나도 함께 웃는다. 한 달 만에 함께 나누는 웃음이다. 내가 웃자 할머니의 웃음이 더 커진다. 한 달이 긴 듯하다. 모처럼 할머니가 연분홍 립스틱을 발랐다. 벚꽃처럼 예쁘다. 언제 연분홍 립스틱을 발랐었지? 기억이 가물가물하다. 가물가물한 기억을 애써 더듬어본다. 마지막 본 것이 5개월 전 S백화점의 기념행사 쇼핑을 갔을 때였다. 나와 나들이 갈 때에는 꼭 연분홍 립스틱을 바른다. 그것도 매우 정성스럽고 예쁘게.

8년 전 첫 직장에서 첫 월급을 받았을 때였다. 할머니에게 내복을 선물하려고 했더니 친구가 깔깔거리며 말했다. 요즘 누가 내복을 선물하니? 속에 입어 보이지 않는 거 사봤자 소용없어. 겉으로 보이는 화장품이나 사드려. 농담 같은 말에 할머니가 한 번도 발라보지 못한 립스틱을 샀다. 할머니가 가장 예쁘게 보일 것 같은 연분홍색으로 골랐다. 그날 밤 할머니 눈을 감기고 입술에 정성껏 발라드렸다. 그리고 할머니 손에 립스틱을 꼭 쥐여주었다. 눈을 뜬 거울 속 할머니는 매우 예뻤다. 잠시 후 시집가는 새색시마냥 수줍어서 고개를 떨궜다. 그러곤 입술이 떨리더니 눈가에 물기가 반짝거렸다. 립스틱을 몇 번씩 신기한 듯 보고선 손안에 꼭 쥐었다. 립스틱은 할머니 손에서 떠나지 않았다. 닳을까 봐, 없어질까 봐 립스틱을 쥐고선 보기만 했다. 또 사줄 테니 매일 바르라고 다그쳐도 할머니는 수줍은 듯 웃기만 했다.

새벽에 출근하며 잠자는 할머니의 입술에 립스틱을 곱게 바르곤 했다. 그러면 할머니는 내가 퇴근할 때까지 하루 종일 세수도 하지 않고 립스틱이 지워질까 봐 입술을 조심스럽게 오물거렸다. 첫번째 립스틱은 거의 일 년 동안 할머니의 손안에 있었다. 할머니와 함께 외출할 때마다 내가 립스틱을 발라줬다. 할머니는 눈을 감고 내 손길에 입술을 맡겼다. 감겨 있는 눈가는 언제나 촉촉했다. 검버섯으로 까무스레하고 까슬까슬한 할머니의 얼굴에 가장 예쁜 벚꽃을 그렸다. 그럴 때마다 할머니는 수줍어했다. 그런데 언제부터였지? 할머니는 혼자 립스틱을 바르기 시작했다. 언제부터인가 할머니의 화장대 위에 여러 색깔의 립스틱이 뒹굴었다. 샤넬, 시슬리, 에스터, 디올 등. 화장대 위에 명품 립스틱이 쌓여갔다. 나 역시 언제부터인가 할머니에게 립스틱을 발라주는 게 귀찮아졌다. 하루하루 할머니의 입술은 여러 색깔로 장식되었다. 어떤 립스틱을 바르든지 예쁘다는 말만 하면 되었다. 또한 웃음을 잃지 않았다고 웃어만 주면 내 역할은 끝나는 것이었다.

새벽녘 창틈으로 바람이 보드랍게 불어온다. 잠결에 바람이 기분 좋게 콧등을 간질거린다. 봄바람을 들이쉬며 산뜻하게 눈을 떴다. 올해 처음 봄을 느낀다. 오늘 할머니와 외출해야겠어. 거의 한 달 동안 편두통을 앓으며 머릿속에서 맴돌던 외출이었다. 따뜻한 바람이 불 때까지 기다리자. 냉랭한 바람을 맞으며 외출하고 싶지 않았다. 편두통은 지독했다. 진통제도 소용없었다. 냉랭한 바람이 편두통을 심하게 했다. 냉랭한 바람은 언제나 끔찍하다. 사춘기 때는 나를 더욱 괴롭혔다. 숙이네 집 쪽방에서 지낼 때였다. 쪽방 베니어판 벽을 후려치는 삭풍은 온몸을 얼음덩어리로 만들었다. 겨우내 제대로 잠을 잘 수가 없었다. 마치 영안실에 누워 있는 기분이었다. 얼어버린 콧구멍으로 들숨 날숨을 겨우 쉴 뿐이었다. 삭풍은 모질게도 쪽방으로 휘몰아쳤다. 온기라고는 할머니 가슴팍뿐이었다. 우리는 팔딱거리는 심장을 서로에게 느끼며 밤새 우리는 한 덩어리로 잤었다. 가슴 팔딱거리는 소리만이 살아 있다는 것을 느끼게 했다. 얼어버린 머리로는 꿈조차 꿀 수 없었다. 어떻게 일어났는지 기억조차 없었다. 그래도 할머니는 꼬박꼬박 6시에 일어나서 얼어버린 몸을 움직이며 숙이네 식구들 아침식사를 준비했다. 그들이 사는 집 안은 언제나 훈훈했다. 나는 부엌에서 겨우 몸을 녹일 수 있었다. 나는 숙이네 집에 들어갈 수 없었다. 숙이네 집은 나에게 출입이 금지된 궁전이었다. 나는 하루 종일 삭풍 사이로 강시처럼 움직일 수밖에 없었다. 나는 봄바람을 기다렸다. 봄바람이 베니어판 틈새로 스며들 때 겨우 눈을 붙이고 잘 수 있었다. 봄바람이 불면 손가락 실핏줄에서 졸졸 피 흐르는 소리가 들렸다. 봄바람은 얼었던 콧등을 녹이며 간질거렸다. 봄 햇살이 쪽방을 천국처럼 환하게 만들었다. 나는 달콤한 꿈을 꿀 수 있었다. 살랑거리는 봄바람에 단 몇 분이라도 포근하게 잘 수 있었다. 겨우내 원망스럽던 베니어판 벽에 기대 책을 읽으며 쉴 수도 있었다. 봄이 되면 숙이네 집이 부럽지 않았다. 밉살스럽게 나를 보던 숙이 눈초리가 아쉬움으로 바뀌었다. 할머니와 꼭 껴안고 살아 있음을 확인이라도 하듯 가슴이 쾅쾅 울리는 소리를 서로 듣곤 했다. 할머니는 애처로운지 나를 껴안으면 눈물을 지을 때가 많았다. 할머니 가슴은 언제나 따뜻했다. 할머니 품에 안길 수 없었다면 사춘기의 겨울을 통과할 수 없었을 것이다. 할머니의 눈물은 언제나 내 이마를 적셨다. 우리는 서로 쓰다듬으며 웃음 짓곤 했다.

봄빛 담은 바람이 달짝지근하다. 달짝지근한 바람을 한껏 마신다. 바람은 언제나 허기를 사라지게 한다. 이기대에서 마시는 봄바람은 더 싱싱하다. 그런 바람에 묻히면 할머니는 행복할 거야. 너무 포근해서. 언제까지나 깨어나고 싶지 않을 거야. 편두통이 사라졌다. 편두통 속에서 봄바람을 기다렸다. 편두통을 앓으면서도 계속 할머니를 위한 외출을 생각했다. 어떤 휠체어에 할머니를 태울까? 오늘은 수동식 휠체어에 태우고 외출해야겠어. 처음 수동식 휠체어를 샀을 때 떨리는 마음으로, 서로 기뻐서 울며 껴안았다. 우리가 산 첫번째 휠체어였다. 6년 전 막내 고모가 할머니 통장에 처음 돈을 입금시켰을 때 우리는 먼저 휠체어부터 샀다. 그 무렵 할머니는 무릎 관절염 때문에 외출이 힘들었다. 거의 매일 퇴근 후 나는 할머니를 태우고 시장으로 장을 보러 가거나 공원으로 산책을 가곤 했다. 그때도 오월 초순이었다. 분홍색 립스틱을 살짝 바르고 할머니는 어린애마냥 웃으며 사방을 두리번거렸다. 몇 시간씩 우리는 신나게 돌아다녔다. 나는 힘든 줄 몰랐다. 봄바람은 휠체어 바퀴 속에서 신나게 맴돌았다. 끼익끼익 녹슨 소리가 날 틈이 없었다. 이제는 바퀴에 녹슨 흔적이 군데군데 보인다. 먼지가 구석구석 끼어 있다. 자동식 휠체어로 바꾼 후 몇 년 동안 문간방에 내버려뒀다. 하지만 오늘 산책에선 봄바람을 듬뿍 마시기 위해서라도 아주 천천히 휠체어를 몰 테다. 할머니도 좋아할 거야. 봄바람을 맘껏 마실 수 있으니까.

오늘 S백화점에 가서 쇼핑하고 이기대 공원으로 산책 가요. L백화점으로 가자꾸나. 기다렸다는 듯이 덜컹거리는 틀니 사이로 들뜬 목소리가 새어나온다. L 발음이 유난히 억세게 들린다. L 발음이 끝날 즈음 얼굴에 퍼지는 할머니의 웃음이 탐욕스럽다. 할머니 좋을 대로 해요. 함께 탐욕스럽게 웃는다. 달짝지근한 봄바람이 불면 할머니가 즐길 흥밋거리가 생겨야 한다. 근데 왜 힘들구로 녹슨 수동식 휠체어를 밀려고 하노? 할머니가 의아한 표정을 짓는다. 이기대 공원을 느긋하게 산책하고 싶어서. 봄바람이 너무 좋잖아! 할머니의 분홍색 입술이 활짝 피어난다. 무슨 옷을 입고 싶어요?

망설이지 않고 옅은 보라색 센존 정장을 가리킨다. 옷장에서 드라이클리닝된 센존 정장을 꺼낸다. 할머니가 즐겁게 입는 봄나들이 옷이다. 나는 정성스레 할머니에게 옷을 입힌다. 희멀건 팔뚝이 보이고 흐물거리는 어깨가 만져진다. 할머니의 살갗이 낯설기만 하다. 살갗을 살짝 문질러본다. 물컹물컹 오믈렛 같다. 거칠고 거무스레한 피부는 손끝에서 느껴지지 않는다. 섭섭하다. 하지만 오늘은 오믈렛 같은 살갗도 따뜻하게 느껴진다. 밉살스럽게 처진 젖가슴이 보라색 셴존으로 가려진다. 거의 일 년 만에 할머니에게 옷을 입힌다. 그간 숙이 할머니가 옷을 입혔다. 어깨나 등짝, 가슴팍에 살이 붙었다. 몇 킬로냐고 물어본다. 80킬로그램은 된다고 한다. 거의 움직이지 않고 먹기만 하니 뒤룩뒤룩 살만 찔 수밖에. 할머니의 체중이 무섭게 불어났다.

할머니를 휠체어에 앉힌다. 바퀴가 삐걱거리고 등받이가 휘청거린다. 거실에서 휠체어를 밀어본다. 팔에 힘이 가면서 가볍게 움직여지지 않는다. 쌩쌩거리며 다니던 예전의 휠체어가 아니다. 그때 할머니는 45킬로그램이었다. 늘어난 몸무게만큼 휠체어에 앉는 자세도 달라졌다. 처음에는 왜소한 몸이 휠체어의 반만 차지했다. 어깨를 구부린 채 낙하하기 직전의 자세로 팔걸이에 두 손을 꽉 잡았더랬다. 이젠 온몸이 휠체어를 가득 채워서 비스듬하게 기댄 자세로 두 손을 팔걸이에 여왕같이 우아하게 걸쳐놓는다. 휠체어가 왕좌처럼 되어버렸다. 아마 막내 고모도 피둥피둥 살찐 암퇘지 같은 할머니를 못 알아볼 거야.

어느덧 할머니는 왕좌에 앉은 것처럼 휠체어를 움직인다. 휠체어에 앉아 있을 때 할머니는 여왕에 걸맞은 표정을 짓는다. 나 역시 할머니의 몸무게가 늘어난 만큼 허리둘레가 늘어났다. 25인치를 자랑하던 허리는 무려 33인치나 되었다. 할머니가 불어난 당신 몸을 느끼지 못했듯 나 역시 내 허리가 늘어나는 것을 몰랐다. 할머니는 휠체어에 맞춰 몸무게가 당연히 늘어나야 한다고 생각했을까. 그래야 휠체어에 여왕처럼 비스듬하게 기대앉을 수 있을 테니까. 텔레비전에 비치는 영국 엘리자베스 여왕을 할머니는 꼼꼼히 쳐다보곤 한다. 나도 온갖 군것질이 나만의 특권인 양 여겼다. 식탁 위 음식이 풍성해질수록 내 허리는 굵어졌다. 할머니는 휠체어에서, 나는 식탁에서 열심히 몸무게를 늘여갔다.

힘껏 휠체어를 밀어본다. 묵직한 무게가 손에 잡힌다. 오른쪽 바퀴가 무게 때문에 심하게 삐걱거린다. 하지만 내리막길 봄바람에 신나게 가속도가 붙을 것 같다. 봄바람이 신나게 불수록 할머니도 신이 날 것이다. 그리고 봄바람에 꽉 박힐 것이고……

마지막 외출 준비만 남았다. 우리 두 사람은 할머니 방 옥돌침대 옆 화장대로 간다. 할머니는 팔목에 열쇠가 달린 금팔찌를 차고 있다. 화장대 아래 서랍을 열쇠로 연다. 스르륵 서랍 당기는 소리가 할머니와 내게는 가장 행복한 소리다. 할머니는 마치 국민의례라도 하듯 근엄한 표정을 짓는다. 나 역시 예외는 아니다. 서랍 여는 소리에 가슴이 두근거린다. 서랍

안에는 여러 개의 신용카드, 은행 통장, 비상금 등이 담겨 있다. 우리의 자산이 고스란히 들어 있는 것이다. 이런 것들이 할머니와 나를 살찌우고 있다. 아무리 웃음을 참으려 해도 서랍 안을 보면 저절로 웃음이 터진다. 웃음은 얼굴에서 지렁이처럼 꿈틀거린다. 깊게 파인 할머니의 웃음이 더욱 징그럽다. 미다스의 손인 양 할머니는 신용카드들을 만지작거린다. 오늘은 자주색 카드를 가져가요. 그렇게 하자꾸나. 마음껏 쇼핑하자. 할머니 목소리에 엔돌핀이 듬뿍 묻어 있다. 당연하다는 듯이 퍼플 카드를 집어 든다. 그리고 여왕으로서 마지막 채비를 우아하게 마친다. 퍼플 카드는 할머니의 손에서 광채를 발한다. 감히 눈을 뜨고 바로 바라볼 수 없을 정도로. 언제부터인가 우리는 행복의 척도를 보라색으로 정했다.

2년 전에는 골드 카드가 VIP 카드였다. 그때 할머니의 방은 황금색 벽지로 장식되었고, 황금색 옷을 즐겨 입었으며, 황금색 립스틱을 바르곤 했다. 어느 날 은행 프라이빗룸 담당 과장이 찾아왔다. 그는 골드 카드는 이제 흔해빠져서 누구나 다 가질 수 있다며 하찮은 물건으로 취급했다. 골드 카드를 갖고 백화점 명품관에 가면 부끄러울 거라고도 했다. 그러면서 보라색 가죽으로 만들어진 카드 보관함을 할머니 앞에 내밀었다. 그 안에 퍼플 카드가 번쩍번쩍 빛나고 있었다. 담당 과장은 은근히 거드름을 피우면서 말했다. 할머니 정도 되셔야 이 카드를 발급받을 수 있습니다. 퍼플 카드를 들고 백화점 명품관에 가보세요. 직원들이 어떤 표정을 짓는지, 직접 경험해보셔야 알 수 있습니다. 그는 눈을 치켜뜨며 할머니의 표정을 살폈다. 저희 지점에서는 오직 5억 이상 예금한 분에게만 퍼플 카드를 발급해드립니다. 그는 여왕을 알현하듯 정중하게 카드 보관함을 할머니에게 바쳤다. 할머니는 당연하다는 듯 카드를 받아 들었다.

퍼플 카드의 위력은 가히 허리케인급이었다. 어떤 백화점을 가든 매장 직원들은 우리 앞에 사열식을 하듯 재빠르고 정중하게 섰다. 감히 우리를 정면으로 바라보지 못하고 고개를 숙인 채 따라다녔다. 명품관 직원들은 더 심했다. 그들은 우리 곁에 바싹 붙어 온갖 재롱을 떨었다. 우리의 몸짓 하나하나에 맞춰 로봇처럼 신속하게 움직였다. 우리는 그들의 재롱 부리는 몸짓을 시종 다루듯 했다. 정말 재미있었다. 그들의 굽신거리는 모습을 보면서 우리는 마냥 깔깔거리며 웃곤 했다. 손바닥만 한 마그네틱 카드가 암행어사 마패 흉내를 냈다. 할머니는 거만하게 웃으며 카드를 휘두르고 다녔다.

지금 몇 시고? 숙이 할머니가 현관에 들어서자 할머니는 고함부터 지른다. 오늘 정형외과에 들러서 무릎 관절 치료받고 10시쯤 온다고 했어. 내가 서둘러 변명했지만 할머니는 입술을 삐죽이며 삐딱하게 웃는다. 시계는 10시 20분을 가리키고 있다. 숙이 할머니는 현관 구석에 웅크리고 있다. 고개를 푹 숙인 채. 지각한 숙이 할머니는 할머니에게는 오전을 즐기는 꼬투리가 될 뿐이다. 움츠린 숙이 할머니를 내려다보며 휠체어가 48평 아파트를 종횡무진 움직인다. 와 말없이 늦노? 틀니가 덜컹거리며 칼칼한 목소리가 터져 나온다. 차용증서에 적힌 대로 오늘 일당은 없는 기라. 숙이 할머니가 할머니의 잔소리를 피해 주방 싱크대 쪽으로 간다. 할머니가 휠체어를 숙이 할머니 앞으로 바싹 붙인다. 숙이 할머니가 깜짝 놀라며 주방 바닥에 쓰러진다. 노래 한 곡 불러볼래? 할머니는 음흉하게 웃으며 지팡이로 숙이 할머니의 어깨를 쿡쿡 찌른다.

8년 전 광경과 똑같다. 그날은 우리가 울고 있었다. 30여 평 2층 단독주택이었다. 할머니는 현관에 쓰러질 듯 신발장에 기대 있었다. 5분씩이나 늦다니! 계속 노래 불러라! 불러! 숙이 아버지는 능글맞게 웃으며 윽박질렀다. 숙이 할머니는 옆에서 깔깔거리며 웃었다. 오늘 일숫돈 곱빼기 되는 거 알고 있제? 내가 부를게요. 할머니는 천식이라 못 불러요. 할머니 입안에서 노래 대신 피 섞인 가래가 부글부글 끓었다. 할머니 입가로 침이 질질 흘러내렸다. 할머니의 몰골은 바싹 마른 동태 꼴이었다. 나는 울부짖으며 애원했다. 그들은 우리의 고통을 즐기고 있었다. 안 돼! 넌 부르지 마! 숙이 아버지는 저승

사자처럼 우리 앞을 오락가락했다. 막내 고모가 급전이 필요해서 빌린 3백만 원 때문이었다. 이자는 우리의 목숨이 간당거릴 정도로 무섭게 불어났다. 사채업자보다 더 잔인했다. 할머니는 목이 찢어질 정도로 노래를 부르고 또 불렀다. 무슨 노래를 부르는지도 모른 채 눈물이 범벅된 신음만 토해냈다. 내가 아무리 열심히 일해도 할머니가 노래 부르는 걸 그만두게 할 순 없었다. 차용증서에 적힌 대로 노래 부르게 할 꼬투리는 너무 많았다. 숙이 할머니가 할머니의 외사촌 여동생 맞아? 할머니는 체념한 듯 고개를 끄덕였다. 우리는 그네들의 단독주택 구석 쪽방에서 삭풍이나마 피할 수 있는 걸 고맙게 여겨야 했다. 무려 10여 년간이나.

오늘은 할머니가 하는 대로 보기만 한다. 노래 불러봐! 할머니의 고함 사이로 숙이 할머니의 울음소리가 간간이 들린다. 지팡이가 숙이 할머니의 몸 구석구석을 찌른다. 씩씩거리는 할머니의 얼굴에 음흉한 웃음이 퍼진다. 신나는 게임을 보고 있는 듯하다. 봄바람이 유난히 따스하게 불어온다. 무릎이 아픈 듯 숙이 할머니는 흐느끼며 무릎을 계속 문지른다. 노래 부르면 4천만 원에 대한 한 달 치 이자를 빼준다니까. 할머니는 깔깔거리며 여왕처럼 온갖 거드름을 다 부린다. 할머니는 사는 맛을 짜릿하게 느끼고 있다. 우리는 그네들을 흉내 낼 뿐이다. 아니, 우리가 그네들에게 배웠다. 어떻게 하면 사는 맛을 느낄 수 있는지! 흉내 내는 것은 간단하다. 그네들처럼 돈만 있으면 된다. 돈에 따라 우리는 쉽게 서로를 흉내 낼 수 있다. 우리가 흉내 내는 것이 쉽듯, 그들도 쉽게 그 시절 우리를 흉내 낸다. 돈 없는 행색을 그대로 닮았다. 웃는 것도 쉽다. 우는 것도 쉽다. 다 신용카드의 마술 덕분이다.

숙이는 그중 가장 악질이었다. 항상 내 앞에서 베스킨라빈스 아이스크림을 보란 듯이 퍼먹는다든지, 어떤 옷을 입을까 깐죽깐죽댄다든지, 스마트폰으로 나도 알고 있는 친구와 수다를 떤다든지, 친구들을 초대해서 나에게 심부름을 시킨다든지…… 고등학교 1학년 봄날 하굣길이었다. 학교 근처 액세서리 가게를 지나는데 봄바람이 불며 진열대에 걸린 머리띠들이 흔들거렸다. 그때 인기 드라마 여주인공이 꽂고 나오던 반달형 플라스틱 머리띠가 햇빛에 반짝거렸다. 그 머리띠가 갑자기 꽂고 싶었다. 머리띠가 나를 여주인공으로 만들어 줄 것 같았다. 하지만 주머니는 언제나처럼 텅 비어 있었다. 훔치고 싶었다. 햇빛에 반짝이는 머리띠를 가만히 만져봤다. 온몸에 전율이 몰아쳤다. 그거 살 거니? 가게 주인인 듯한 30대 여자가 옆에 바싹 다가왔다. 아무런 대꾸를 할 수 없었다. 그때 "내가 살게요"라며 뒤에서 숙이 목소리가 들렸다. 숙이는 나를 힐끔 보면서 주머니에서 버버리 손지갑을 꺼냈다. 얼마예요? 2천 원이야. 숙이는 손지갑 지퍼를 열고 돈을 꺼냈다.

번쩍번쩍 빛나는 돈이 손지갑에서 불쑥 나왔다. 돈은 신기루처럼 내 눈앞에서 팔락거렸다. 아하, 저것이 돈이구나. 나는 없고 숙이는 가질 수 있는 거구나. 숙이에게 다가갈 수 없는 붉은 선을 알게 되었다. 그 봄날에 나는 여지없이 무너졌다. 숙이는 머리띠를 꽂고 나비가 날듯 살랑살랑 내 앞을 걸어갔다. 나는 돈의 정체가 궁금해 며칠 밤을 새웠다. 하지만 궁금증은 더욱 깊어갈 뿐이었다. 그저 돈을 만지고 싶었다. 파삭파삭 돈 소리를 듣고 싶었다. 그것은 욕심이라기보다는 처음 느껴보는 욕망이었다. 그날 이후 숙이는 버버리 손지갑을 내 앞에서 불쑥불쑥 내보였다. 그럴수록 숙이는 악질이 되고 괴물이 됐다. 지금은 우리가 악독 사채업자처럼 보일 것이다. 숙이 애비는 노래 부르지 마. 걱정돼서 왔구먼, 그 꼬라지로! 할머니가 지팡이로 목발을 치자, 숙이 아버지가 현관 바닥에 털썩 고꾸라진다. 할머니가 아량이라도 베풀듯 킬킬거리며 마지막 웃음을 터뜨린다.

휠체어 바퀴 소리에 아파트 경비원이 급히 뛰어와서 90도로 머리를 숙인다. 회장님 어디 가시는지요? 할머니의 어깨는 점점 더 당당해지며 거만하게 휘어진다. 눈초리가 치켜 올라가고, 입술이 비틀거린다. "어험" 하는 된소리가 절로 튀어나온다. 할머니의 외출은 요란하다. 경비원이 친히 자동차 있는 데까지 휠체어를 밀어준다. 지나가는 아파트 주민들이 살짝 인사하고 지나간다. 몇 년이나 17동 주민대표와 노인정 회장을 지내고 있는지 모르겠다. 할머니의 거드름은 아파트 평수가 넓어질수록 점점 더 심해졌다.

8년 전 여름 끝 무렵, 몇 년간 소식이 끊겼던 막내 고모가 불쑥 나타났다. 늦은 밤 우리를 집 근처 모텔로 불러냈다. 고모는 긴장한 듯 조심스레 움직였다. 고모는 아파트 매매 문서, 아파트 등기필증, 예금통장 그리고 골드 카드를 내놓았다. 30평 아파트 명의는 엄마 이름으로 등록한 법인 소유로 돼 있어. 2년마다 평수를 늘려서 이사하도록 해. 통장에는 2억이 예금돼 있어. 되도록 신용카드를 사용하구. 분기별로 5천만 원씩 입금될 거야. 엄마 그리고 정아야, 마음껏 쓰도록 해. 나는 적당할 때 다시 올 테니까 날 찾지 말고 모른 척해. 막내 고모는 그 말만 하고 홀연히 사라졌다.

할머니가 아파트 동대표로 뽑히기까지는 고작 일 년밖에 걸리지 않았다. 이제는 훈풍도, 삭풍도 느낄 수 없었다. 오직 신용카드 영수증만이 우리를 기쁘게 했다. 신용카드 영수증이 쌓일수록 이웃 주민들의 인사는 점점 늘어났다. 38평으로 옮겼을 때 할머니는 노인정 회장으로 거드름을 피우고 있었다. 숙이 할머니가 5천만 원을 빌린 것도 이 무렵이었다. 숙이 아버지는 주식으로 30평 집까지 날리고 교통사고마저 당해 목발 신세가 되었다. 할머니는 5천만 원을 빌려주면서 단 한순간의 망설임도 없이 차용증서에 노래 부르기 조항을 집어넣었다. 그날 나와 할머니는 배가 터질 정도로, 목청이 찢어질 정도로 깔깔거리며 웃었다. 밤늦게까지 웃음을 멈출 수가 없었다.

　나는 숙이 애인인 훈이가 탐났다. 훈이를 갖고 싶었다. 훈이는 탤런트 못지않게 잘생겼다. 두 사람은 내가 아르바이트를 하던 이탈리아 레스토랑에서 자주 데이트를 하곤 했다. 숙이는 내 앞에서 유달리 훈이에게 생글거렸고 스스럼없이 키스를 했다. 훈이는 나에게 눈길조차 준 적이 없었다. 신용카드가 생기자 나는 훈이와 키스를 하고 싶었다. 신용카드로 훈이를 가질 수 있을 것 같았다. 결국 놈도 별수 없었다. 에르메스 넥타이가 그렇게 위력적인지 몰랐다. 놈은 넥타이를 보자 나에게 눈웃음을 보냈다. 놈이 좋아하는 아르마니 티셔츠를 세번째로 사줬을 때 놈은 전화를 걸어왔다. 프라다 선글라스를 선물했을 때, 놈과 함께 영화관에서 데이트를 할 수 있었다. 내가 사준 비오템 옴므로 놈의 얼굴은 더욱 반질거렸다. 캘빈 클라인 향수는 놈을 멋들어지게 만들었다. 루이비통 손지갑을 식탁 위에 두고 함께 저녁식사를 했다. 보스 양복을 입은 놈과 밤 12시 아파트 놀이터 그네에서 키스를 했다. 티쏘 스포츠 시계를 받고 나선 숙이와 헤어졌다고 실실 웃으며 나에게 사랑 고백을 했다. 열흘간의 유럽 여행 동안 놈의 몸을 마음껏 탐닉했다. 놈은 내 신용카드를 매우 좋아했다. 나는 숙이가 근무하는 백화점에서 놈과 함께 쇼핑했다. 놈은 숙이를 거들떠보지도 않았다. 나는 숙이 앞에서 놈과 팔짱을 끼고 당당하게 걸어 다녔다. 신나는 게임이었다.

간혹 추석이나 설 전날 막내 고모에게서 전화가 왔다. 잘 지내고 있니? 막내 고모의 목소리는 은밀했다. 길게 얘기하지도 않았다. 걱정하지 말고 맘껏 쓰라고. 내가 몸으로 뛰어서 열심히 번 돈이니까. 말끝은 쓸쓸했고 촉촉했다. 어디에 있는지, 무엇을 하는지 전혀 말이 없었다. 하긴 마음껏 쓰라는 말만 귀에 들어왔다. 훈이를 마음껏 가지고 놀 수 있다는 데 급급할 뿐이었다. 할머니도 고모가 으레 잘 지낼 거라고 스쳐가듯 얘기할 뿐이었다.

거드름 피우는 것이 우리의 하루 일과다. 우리는 L백화점 정문으로 당당히 들어선다. 들어서자 할머니는 안내 데스크로 휠체어를 돌린다. 숙이가 급하게 뛰어온다. VIP 고객님, 무엇을 도와드릴까요? 90도로 깍듯이 고개를 숙인다. 3층 명품관으로 안내해줘. 숙이가 휠체어를 민다. 에르메스 핸드백이 새로 나왔네. 명품관 직원들이 우르르 할머니 곁으로 몰려와 웃으면서 인사한다. 할머니한테 잘 어울리는 센존 신상품이 나왔어요. 호호호. 나는 거드름을 피우며 어슬렁어슬렁 걸어 다닐 뿐이다. 오늘은 마음대로 거드름을 피워, 할머니. 마음속으로 중얼거린다. 숙이는 전혀 어떤 낌새조차 느끼지 못할 거다. 샤넬 백이 예쁘네. 너 하나 사렴. 할머니의 틀니 사이로 샤넬, 에르메스, 센존 등 어려운 외국 상품명이 쉴 새 없이 터져나온다. 나와 숙이를 번갈아 보면서. 도우미답게 숙이 얼굴에는 반듯하고 친절한 웃음이 만들어진다. 내가 놈과 쇼핑할 때도 숙이는 만들어진 웃음을 짓고 있었다. 나는 안내 데스크 앞에 있는 화장품 코너를 놈과 함께 자주 돌아다녔다. 당연히 놈과 팔짱을 끼고 정답게 깔깔거리면서. 놈도 숙이에게 눈길 한 번 주지 않고 신나게 쇼핑했다. 나는 힐끔힐끔 숙이를 봤다. 숙이는 계속 웃음을 만들었다. 나는 숙이의 웃음이 깨지길 바랐다. 두 시간 정도 화장품 코너를 도는 동안 숙이 얼굴에서는 웃음이 사라지지 않았다. 부아가 치밀었다. 다리가 삐었다고 놈에게 안아달라고 했다. 놈은 선뜻 안아줬다. 화장품 코너의 직원과 고객들 모두 우리를 쳐다봤다. 그러나 숙이만은 계속 방실거리며 고객에게 백화점 정보를 안내하고 있었다. 내 부아가 커지는 만큼 더욱더 방실거리면서.

지난 크리스마스이브 때였다. 놈과 안내 데스크 앞에서 만나기로 했었다. 놈을 기다리는데 숙이가 보이지 않았다. 잠시 화장실을 찾았을 때, 옆 계단 복도에서 숙이의 울음소리가 들렸다. 엉엉 통곡하고 있었다. 띄엄띄엄 "억울해! 분통 터져!

미치겠어!"란 말들이 울음 속에 섞여 들렸다. 숙이를 달래는 놈의 목소리가 내 귓속에 박혔다. 그런데 놈의 배신이 섭섭하거나 놀랍지 않았다. 무너지는 숙이의 울음에 짜릿함을 느꼈다. 승리감에 웃음이 절로 나왔다. 웃음은 멈춰지지 않았다. 나는 루이비통 가방을 어깨에 메고 안내 데스크 앞에서 웃고 있었다. 잠시 후 숙이가 방실거리며 나타났다. 울음을 화장으로 가린 채. 나를 보자 숙이는 웃음을 만들었다. 그때 놈이 시시덕거리며 내 곁으로 왔다. 나는 놈을 개의치 않았다. 놈에게 샤넬 향수를 사주고 골드 카드로 결제하고선 홀로 깔깔거리며 백화점 정문을 당당히 나섰다. 역시 골드 카드였어! 나는 번쩍이는 골드 카드를 황홀하게 쳐다봤다.

　할머니는 명품관 매장마다 휘젓고 다닌다. 샤넬, 루이비통, 미쏘니, 에스카다, 프라다, 센존…… 한 손에 퍼플 카드를 쥐고서. 들르는 매장마다 마패처럼 퍼플 카드를 쑥 내밀곤 수다스럽게 쇼핑한다. 매장 직원들은 할머니 옆에 바싹 붙어 서서 온갖 웃음과 애교를 부린다. 어느덧 내 양손에는 몇 개의 쇼핑백이 들려 있다. 숙이는 웃음을 만들며 휠체어를 밀고 다닌다. 점장의 특별지시로 휠체어를 밀며 쇼핑 안내를 하는 것이다. 어머! 회장님 모처럼 쇼핑 나오셨네요? 센존 매장에서 같은 동 아줌마 두 명이 호들갑스럽게 깔깔거리며 인사한다. 그들은 매장 직원 못지않게 아첨을 떨며 할머니를 향해 온갖 미사여구를 늘어놓는다. 할머니가 메두사로 변한다. 만나는 사람마다 아첨을 떨며 호들갑스럽게 웃게 만드는 메두사다. 웃음과 동시에 그들의 마음을 돌로 만들어버린다. 메두사의 시야에서 벗어나면 그들은 할머니를 향해 온갖 험담과 욕설을 퍼붓는다. "어디서 굴러들어온 졸부야? 저 할머니와 손녀가 거드름 피우는 꼴은 정말 가관이야! 정말 못 봐주겠어.""내일이면 경로당 노인들 저 괴물한테 점심 한 끼 얻어먹고선 지겹도록 옷 자랑, 돈 자랑을 들어야겠네.""아파트 전체가 자기 아지트인 양 조폭 두목처럼 휘젓고 다녀, 참!" 나는 할머니가 언제 메두사가 되었는지 몰랐다. 나 또한 나도 모르게 메두사로 탈바꿈하고 있었다.

한달 전이었다. 밤늦게 막내 고모의 전화를 받았다. 정아야, 난 억울해. 난 회장에게 몸을 팔아 돈을 번 거야. 몇 년간만 할머니와 조용히 숨어 지내고 있어! 고모는 그렇게 아리송한 말만 남기고 전화를 끊었다. 그 다음 날 모든 신문에 K기업의 돈세탁 사건이 보도되었다. 신문 사회면에 K기업 회장과 여비서가 인천공항에서 연행되는 사진이 함께 실렸다. 놀랍게도 그 여비서가 막내 고모였다. 신문을 든 손이 덜덜 떨렸다. 가슴이 냉랭해지며 온몸에서 힘이 빠져나갔다. 텅 빈 머리에 무엇을 담아야 할지 막막했다. 그때 할머니는 흥얼거리며 안

방에서 립스틱을 바르고 있었다. 캄캄해지는 눈앞에서 할머니의 머리카락 한 올 한 올이 뱀 대가리로 변했다. 뱀 대가리들은 탐욕스럽게 꿈틀거렸다. 징그러워 쳐다볼 수가 없었다. 그날 이후 아파트에는 우리에 대한 온갖 험담이 흘러다녔다. 다들 할머니의 정체가 메두사란 걸 알아차렸다. 메두사를 없애야 한다며 여기저기서 수군거렸다. 더 이상 다정한 이웃이 아니었다. 틀림없이 숙이 아버지가 앞장설 거야. 이웃들이 무서웠다. 삭풍이 또다시 휘몰아칠 것이다. 메두사의 약점이 퍼플 카드라는 것을 눈치챈다면? 게다가 퍼플 카드의 마술이 곧 풀린다면?

이기대 봄 길은 나른하다. 갯바람에 소나무 내음이 짙게 배어 있다. 찰싹거리는 파도 소리가 다정하게 들린다. 민들레꽃이 나비와 함께 나풀거린다. 나들이하기 좋은 언덕길이다. 할머니가 흥겨운 듯 알 수 없는 노래를 흥얼거린다. 봄 햇살에 휠체어 바퀴가 나른하게 구른다. 할머니에게 말하지 않았다. 할머니가 메두사라고. 나만 알고 있으면 된다. 할머니는 분홍빛 립스틱을 바르고 휠체어에 여왕처럼 앉아 달짝지근한 바람을 맛보면서 산보만 하면 되는 것이다. 할머니의 손에는 퍼플 카드가 꼭 쥐어져 있다. 퍼플 카드의 마술은 곧 풀릴 것이다. 마술이 풀리면 할머니는 아파트 주민들에게 돌팔매를 맞을 것이다. 그러나 퍼플 카드는 또 누군가에게 마술을 걸 것이고, 누군가를 메두사로 만들 것이다. 퍼플 카드가 무서워진다. 하지만 언제까지나 퍼플 카드의 마술에 걸리고 싶다.

할머니가 좋아하는 바람 언덕에 가볼까? 그러자! 언덕길로 휠체어를 힘껏 밀면서 올라간다. 묵직하게 할머니의 체중이 느껴진다. 가속도가 붙기에 괜찮은 무게다. 오른쪽 휠체어 바퀴가 심하게 갸우뚱한다. 바람 언덕에 올라서자 태평양이 시원하게 펼쳐진다. 해운대, 동백섬, 광안대교, 오륙도가 태평양에 붙어 있다. 태평양 바람이 가슴을 탕탕 때린다. 시원해. 정말 시원해. 할머니가 소녀처럼 홍얼거린다. 할머니가 웃는다. 나도 함께 웃는다. 우리가 마지막으로 함께 나누는 웃음이다. 할머니 등을 꼬옥 껴안는다. 그들에게 잡히면 안 돼. 그들에게 잡히면 우리는 또다시 냉랭한 바람 속으로 내동댕이쳐질 거야. 눈물을 흘리며 처량한 노래를 불러야 하고. 그들은 더욱 잔인하고 무섭게 우리를 못살게 굴 거야. 마술 풀린 할머니는 예전처럼 그들을 견뎌낼 수 없다. 차라리 싱싱한 바람에 날려버리는 것이 더 좋아. 휠체어 손잡이를 힘껏 잡아 뒤로 당긴다. 지그시 눈을 감는다. 감은 눈에 눈물이 흐른다. 스르륵 손잡이를 놓는다. 휠체어가 가파른 언덕길을 신나게 내려간다. 할머니의 비명이 점점 멀어진다. 퍼플 카드가 바람에 실려 태평양으로 휠휠 날아간다.

하루의 법칙

오전 9시 27분. 진료를 시작할 시간이다. 그런데 선뜻 방을 나설 수가 없다. 책상 위 스마트폰을 쏘아본다. 등판이 후끈거리고 간지럽다. 오늘도 스마트폰은 울리지 않는다. 심장 박동이 빨라진다. 이마와 목, 등이 식은땀으로 축축하다. 아직 예전처럼 진료하기 힘들 것 같다. 냉장고를 열고 이온 음료를 꺼내 급하게 마신다. 한 번 더 스마트폰을 쏘아본다. 손가락들이 경련을 일으키며 떨린다. 떨리는 손으로 스마트폰을 건드려본다. 괜히 스마트폰에게 투정 부리는 기분이다. 시각은 9시 32분을 지나고 있다. 숨조차 가빠진다. 이틀 전 장만한 CD플레이어 스위치를 누른다. 캐롤 킹의 「You've got a friend」가 좁은 원장실에 은은히 퍼진다. 노래가 진통제처럼 귓속을 파고든다. 거칠던 들숨 날숨이 잠잠해진다. 손 떨림도, 간지럼도 사라진다. 며칠째 간질병 환자처럼 앓고 있는 증상이다. 이마에 맺힌 식은땀을 닦으며 스마트폰을 서랍에 넣는다. 노래도 끝 소절이 흐른다. 하지만 떨리는 마음은 쉽게 진정되지 않는다. 다리에 억지로 힘을 주며 일어나서 문을 열었다. 힘차게 하루를 시작해야겠다고 다짐했건만. 비틀거리는 걸음으로 환한 진료실로 걸어 나왔다. 그리고 오후 1시경, 경석에게서 불안하다며 떨리는 목소리로 전화가 왔다.

보름 전이었다. 출근하자마자 언제나처럼 메일을 훑어봤다. 학회와 세미나 소식, 사진 동호회와 산악회 소식, 은행이나 보험회사에서 온 메일, 발기 촉진제 광고를 비롯한 스팸 메일 등등. 아침부터 쓴웃음만 짓게 하는 메일뿐이었다. 산뜻한 소식은 없을까? 메일을 한 번 더 훑어보는데 노크 소리가 들렸다. 환자가 기다립니다. 김 간호사 목소리였다. 깜짝 놀라 시계를 보니 9시 38분이었다. 컴퓨터 옆에 놓인 스마트폰을 봤다. 스마트폰은 언제나처럼 책상 위에 놓여 있었다. 그런데 스마트폰 신호음이 내 방에 퍼지지 않았다. 왜 신호음이 울리지 않았지? 스마트폰을 급히 살펴봤다. 이상이 없었다.

갑자기 내 방 공기가 냉랭해지는 것을 느꼈다. 친구가 바빠서 깜빡했나? 냉랭해진 공기가 목덜미를 후려쳤다. 그럴 리가? 지금까지 느끼지 못했던 방 공기였다. 온몸에 소름이 돋았다. 뜻밖의 증상이었다. 창밖은 오월의 하늘로 눈부셨고, 방 안은 햇살로 가득했다. 의자를 괜히 들썩였지만 일어날 수 없었다. 노크 소리가 다시 한번 크게 들렸다. 예약 환자가 기다려요. 김 간호사의 목소리가 높아졌다. 급하게 문을 열고 진료실로 나섰다. 눈을 뜰 수 없을 만큼 진료실이 환했다. 진료실이 왜 이리 환하지? 치과위생사들이 휑하니 나를 쳐다봤다. 덴탈유니트 체어에 앉아 있는 환자도 의아한 듯 나를 바라봤다. 김 간호사가 건네는 진료 차트가 왠지 낯설기만 했다. 머릿속이 뒤엉켜버린 듯했다. 왜 전화를 걸지 않았지? 덴탈 핸드피스와 석션 소리 사이로 궁금증이 머릿속에서 계속 맴돌았다. 혹시 민희가 온 걸까? 전화를 걸어볼까? 오전 내내 망설여졌다. 어시스트하는 치과위생사가 번번이 이상하다는 듯이 나를 빤히 쳐다봤다. 혹시 신호음을 들을 수 있을까? 내 방 쪽으로 귀를 기울였지만 오전 내내 들을 수 없었다.

오후 진료를 시작할 즈음, 고등학교 동기회 총무에게 전화가 왔다. 태준이가 심근경색으로 갑자기 죽었다고 했다. 뜻밖의 비보였다. 그래서 「You've got a friend」를 들을 수 없었구나…… 내일부터 어떡하지? 스마트폰 신호음을 들을 수 없다는 불안감이 엄습했다. 매우 생소한 불안감이었다. 불안감은 나를 멍하게 만들었다. 온몸이 뻣뻣해지는 것을 느꼈다.

불안감은 해무처럼 원장실에 퍼지면서 나를 조여 왔다. 해무에 갇힌 듯 사방을 가늠할 수 없는 공포를 느꼈다. 공포는 너울처럼 나를 덮쳤다. 숨을 쉴 수 없을 정도로 가슴이 답답하게 굳어졌다. 전날도 「You've got a friend」 신호음을 들었다. 거의 매일 진료 시작 전인 9시 20분경에 스마트폰이 울렸다. 하루 일과를 시작하는 신호음이었다. 태준이가 만든 오전의 시작이었다. 친구와의 통화는 간단했다. 짧게는 30초, 길어봤자 2분 정도. 물론 오전 약속 환자가 얼마나 대기하고 있느냐에 따라 통화 시간이 정해졌다. 그의 첫말은 "잘 지냈냐?"로, 내 대답은 "응!"으로 대화가 시작되었다. 간혹 민희에 대한 소식을 전해줄 때 통화가 길어지곤 했다.

나는 태준이가 죽은 후부터 거의 매일 불면증에 시달리고 있어. 그뿐만 아냐. 등판에 생긴 대상포진이 온몸으로 퍼지고 있어. 너무 아파! 전화 속에서 경석이는 울부짖고 있다. 도대체 태준이가 우리와 친했냐? 그저 난 점심때 걸려오는 태준이 전화만 받았을 뿐인데…… 경석이가 말한 '우리'라는 말이 어색하고 낯설게 느껴진다. 그래, 우리는 20여 년 만에 태준이 장례식장에서 다시 만났다. 우리 모두 똑같이 불면증에 시달리고 있어. 나도 모르게 어색하게 느껴지는 '우리'라는 말이 쉽게 튀어나온다. 잊고 지냈던 젊은 시절이 우리에게 되돌아온 듯하다. 바로 태준이 장례식장에서부터다. 어색한 눈인사로 시작된 20여 년 만의 만남이 친구의 죽음을 계기로 '우리'라는 기억을 되살려놨다. 하지만 어쩔 수 없이 서로 되새겨야 하는 '우리'라는 말이 친구의 영정을 보는 순간 두렵게 느껴졌다.

민희 소식은 들은 적 있냐? 잠시 침묵 끝에 경석이가 더듬거리며 물어본다. 들은 적 없어! 일단 지금부터 모른 체하고 싶다. 어제는 정신과 상담하러 갔었어. 보름쯤 됐나, 잠이 안 오고 가슴이 답답하고, 인테리어 설계도면은 도대체 눈에 들어오지 않고…… 우울증이 아닌가 싶었어. 원 참, 우울증이라니? 긴 한숨이 말 속에 섞여 있다. 나도 덩달아 전화 속으로 한숨을 내뿜는다. 우리가 왜 이렇게 한숨을 쉬어야 하지? '우리'라는 말이 또 쉽게 귓속으로 파고든다. 함께 한숨을 쉬는 것조차 우리는 아리송하게 생각하고 있었다. 명철이에게서 연락은 없냐? 없어. 하지만 녀석은 우리보다 더 불안해하고 있을 거야. 그날 장례식장에서 울부짖는 거 봤지? 우리는 서로 생뚱맞은 질문이나 대답을 나눈다.

진료를 마치고 허둥지둥 친구가 안치된 동양병원 장례식장으로 갔다. 장례식장 구석진 곳에 위치한 일반실 8호에 빈소가 차려졌다. 아직 영정도 준비되어 있지 않았다. 40대 초반쯤 되어 보이는 남자가 혼자 분주하게 장례 준비를 하고 있었다. 고인의 남동생이라고 했다. 그렇게 허둥대며 빈소를 찾아 갔건만, 고인은 더욱 낯설기만 했다. 영정이 준비 안 된 빈소 에서 고인의 얼굴이 전혀 기억나지 않았다. 내가 왜 허둥지둥 왔는지 놀라울 뿐이었다.

7년 전 태준이가 갑자기 전화를 걸어오기 시작했다. 처음 에는 실없는 친구로 여겨져 전화 받기가 귀찮았다. 잊고 있 던 친구끼리 10여 년 만에 동기회에서 만나 서로 어색하게 인 사만 했을 뿐인데 왜 거의 매일 별일 없이 전화하느냐고 다그 치며 묻기도 했다. 그때마다 고인은 "그냥 심심해서……"라 며 어처구니없는 대답만 했다. 매일 오전 9시 20분이 친구에 겐 심심한 시각인가? 은행 업무가 가장 바쁜 시간일 텐데, 차 장 정도면 여유가 있는 모양이지? 하긴 그 시각에도 사정에 따라 심심할 수 있겠지. 하긴 바쁜 일상에 깊게 생각할 겨를 이 없었다. 심심하니까 그냥 전화하는구나, 하고 쉽게 생각했 다. 「You've got a friend」를 듣고 싶어서라도 가볍게 생각해버 렸는지 모르겠다. 그리고 그로부터 얼마 전까지 고인의 전화 를 받아왔다.

고인의 남동생만 이런저런 준비로 바쁠 뿐 빈소는 썰렁했 다. 썰렁한 빈소 한구석에 조문객인 듯 두 사람이 앉아 있었 다. 언뜻 봐선 누구인지 알 수 없었다. 영정이 곧 준비될 테 니 조금만 기다려달라는 남동생의 말을 듣고 앉으려고 할 때였다. 두 사람이 나를 돌아보더니, 그들 중 한 명이 나를 불렀다. 가까이 가보니, 고등학교와 대학 동기인 경석이와 명철이였다. 졸업 후 첫 만남이었다. 어색하게 악수하고 두 친구 옆에 앉았다. 두 사람의 머리에도 어느덧 세월이 허옇게 내려앉아 있었다. 허둥지둥 급하게 온 흔적이 보였다. 둘 다 평상복을 입고 있었는데, 얼떨떨한 얼굴이 낯설어 보였다. 오랜만이군. 간혹 태준이를 통해 소식은 들었지만. 두 친구는 정말 오랜만이었다. 내가 마로니에 독서 동아리를 탈퇴한 후 두 친구를 만나지 못했다. 대학 졸업 후 두 친구가 부산을 떠났다는 소식만 들었다. 술이 들어가자 서먹서먹한 분위기가 풀렸다. 치과는 어때? 울산서 인테리어 사업 한다면서? 연고도 없는 창원에서 보험설계사로 살기 힘들지 않냐? 고인이 간간이 두 친구 소식을 말한 기억이 났다. 우리는 서로의 안부를 물었다. 어느덧 우리는 고인과 함께했던 대학 시절로 되돌아가고 있었다. 낯선 분위기가 사라지자 두 사람 얼굴에 나잇살이 들어 보였다. 경석이는 얼굴이 두둥실하고 번지레했다. 반면 보험설계사인 명철이는 바싹 야위었고 거무스레했다. 태준이에게 어떤 지병이라도 있었던 거야? 어제까지도 나하고 생생하게 통화했는데…… 갑자기 죽다니…… 명철이가 누구에게랄 것도 없이 물었다. 우리는 서로들 말없이 쳐다만 봤다. 우리가 고인에 대해 알고 있는 것은 일상적인 것뿐이었다. 고인은 고등학교와 대학교를 함께 다닌 친구였다. 3년 전까지 은행 지점장으로 근무하다가 명예퇴직했다. 소일 삼아 퇴직금으로 주식 거래를 하면서 동기들에게 주식 정보를 알려주곤 했다. 서너 달에 한 번씩 동기회 모임에서 만났고, 일 년에 한 번 정도 내 치과에 들러 구강검진을 받기도 했다. 심근경색으로 사망했다며? 왜, 어쩌다 그 친구 심장이 멈추게 됐을까? 주변에는 아무도 없었나? 심폐소생술이라도 할 수 있었을 텐데 말이야. 골든타임이라는 최초 5분의 응급조치는 왜 없었지? 술잔을 급하게 들이켜며 명철이가 칼날 같은 목소리로 말했다. 심심하다면서 매일 전화하던 놈이 너무 심심했었나? 경석이가 고개를 설레설레 흔들며 긴 숨을 몰아쉰다. 내게도 심심하다며 거의 매일 진료 시작 전에 전화했었지. 우리는 깜짝 놀라며 서로 얼굴을 봤다. 경석이에게는 정오 무렵에, 명철이에게는 오후 4시경에 거의 매일 전화를 했단다. 그냥 안부 전화라며 7년째 전화를 걸어왔지. 경석이가 의아한 표정으로 묻는다. 왜 우리 모두에게 매일 전화를 한 걸까? 그냥 심심해서 전화한다고 했어. 명철이 얼굴이 시퍼렇게 변해갔다. 우리가 지금 심심해서 여기 앉아 있는 거야? 술이 들어가면서 다들 목소리가 점점 높아졌다.

전화 속 목소리는 언제나 생생했었다. 얼마 전 동기회 모임에서 고인은 명퇴 후 아침 생활에 대해 이야기한 적이 있었다.

오전 6시쯤 눈이 떠지는데, 아침 조깅과 헬스클럽에서의 운동이 하루의 시작이라고 했다. 해변도로를 달리는 기분은 하루 중 가장 상쾌한 시간이라고 나에게 적극 권하기도 했다. 사우나에서 냉온수욕까지 하면서 매일 한 시간 반 정도는 규칙적으로 운동을 한다고 했다. 고인은 금연족이었고 주량은 맥주 한두 병 정도였다. 나이 든 만큼 건강은 꼭 챙겨야 한다고 입버릇처럼 말했다. 운동을 마치면 배달된 우유와 샌드위치로 간단히 아침식사를 한다고 했다. 그러고는 모닝커피를 마시며 조간신문을 본 후에 9시경 컴퓨터 앞에 앉아서 나에게 전화를 하는 게 거의 규칙적인 아침 시간표인 모양이었다.

남동생이 겨우 영정과 위패를 마련했다. 30대쯤에 찍은 듯한 벙시레 웃는 모습이었다. 그제야 고인 얼굴이 머릿속에 잡혔다. 녀석! 여전히 순진하게 웃고 있네. 경석이가 촉촉하게 젖어드는 목소리로 말했다. 우리들 사이에 잊고 있던 우정이 되살아났다. 남동생이 이마에 땀을 닦으며 우리 옆에 앉았다. 그러곤 물기 서린 긴 한숨을 내뿜었다.

몇 달 만에 사업상 의논할 일이 있어 오늘 아침에 형님을 뵈러 갔었어요. 분명 어젯밤 9시에 통화했을 때는 생생한 목소리였어요. 아무리 벨을 누르고 전화를 해도 전혀 기척이 없는 거예요. 이상해서 문을 부수고 들어갔더니 욕실에 쓰러져 있으시더라구요. 급히 병원 응급실로 왔지만 이미 사망한 상태셨고요. 사인은 심근경색이고, 사망 시간은 새벽 5시경으로 추정하더군요. 가족들은 뭐하고 있었지? 형님은 독신이셨어요. 뭐라고? 우리는 또다시 놀랐다. 고인은 전혀 독신이란 내색을 하지 않았다. 먼저 상주인 호주에 있는 조카에게 연락했는데, 오기 힘들다더군요. 할 수 없이 제가 상주 노릇을 하게 됐습니다. 우리는 고인을 너무 모르고 있었다. 결혼하지 않았다면서? 그런데 아들이 있다니? 눈물을 삼키면서 남동생은 겨우 말을 이어나갔다. 20대 후반 은행에 취직한 후 일 년쯤 지났지 싶은데, 세 살짜리 사내아이를 데려오셨어요. 형님이 자기 자식이니 키워야 한다며 한마디 설명도 없이 어머니에게 애를 맡기셨죠. 조카가 초등학교 2학년 때 어머니가 폐암으로 돌아가시자 형님은 조카를 호주로 데리고 갔어요. 그러곤 혼자 사셨어요. 우리는 얼떨떨한 기분이었다. 사진 속 병시레 웃는 친구가 아리송하기만 했다. 형님이 불쌍하다며 남동생이 흐느꼈다. 명철이가 갑자기 파리한 얼굴로 변했다. 힘들다며 명철이가 집에 가야겠다고 일어서자, 우리도 빈소를 나왔다. 그날 밤 왠지 잠을 잘 수 없었다. 뜬눈으로 밤을 새우다 새벽녘에야 잠시 눈을 붙였다. 아침부터 온몸이 너무 무거웠다. 출근길에 아내가 무슨 일이 있냐고 걱정스레 물었고, 나는 동기가 갑자기 죽었다고 흘려 말했다.

경석이에게 전화를 받은 뒤 오후 4시쯤 명철이에게서 전화가 왔다. 잘 지내고 있냐고. 어느덧 '우리'라는 말을 쉽게 하면서. 명철이 목소리가 떨린다. 가래 끓는 소리가 전화기 안에서 계속 시끄럽게 들린다. 혹시 민희 소식 듣지 못했냐? 힘들게 말을 뱉어낸다. 이 시각에 태준이가 꼭 전화했었거든. 그리고 민희 소식을 자주 전해줬지. 죽기 전날 민희가 호주에서 온다면서 함께 만나자고 했는데…… "카악" 가래 뱉는 소리가 귓속을 파고든다. 망할 놈! 그렇게 약속해놓고 나보다 먼저 저세상으로 가다니! 숨을 고통스럽게 헉헉거린다. 하루하루 지내기가 너무 무서워. 태준이가 나를 빨리 데려가면 좋겠어. 왜 「You've got a friend」를 들을 수 없지? 태준이가 만든 하루하루가 잔인하게 무너졌다. 명철이가 우리 중에서 가장 심하게 떨고 있다. 온몸에 암세포가 무섭게 퍼지고 있어. 태준이는 암세포가 나를 괴롭히고 있다는 걸 알았을까? 이 시각 태준이에게 전화가 걸려오면, 암세포가 묘하게 잠잠해지더군. 가끔씩 민희 소식을 전하면서 나를 위로해줬거든. 정말 신기했어. 암세포가 내 몸 구석구석을 돌며 온갖 지랄발광을 부리다가도 신호음만 들으면 언제 그랬느냐는 듯 조용해지는 거야. 태준이는 편하게 갔어. 명철이는 전화 속에서 한참을 괴로운 듯 헉헉거리더니 "넌 민희 소식 아냐?"라고 다시 한번 애절하게 묻는다.

장례 이틀째, 우리 세 명은 약속이라도 한 것처럼 빈소에서 다시 만났다. 다들 여전히 허둥대면서 얼이 빠진 얼굴이었다. 그날은 은행 동료와 친척 등 조문객들로 빈소가 웅성거렸다. 남동생은 바쁘게 조문을 받았다. 여전히 영정 속 친구는 벙시레 웃기만 했다. 우리는 알 수 없는 불안을 떨쳐버리려고 급하게 소주 몇 잔을 들이켰다. 명철이 얼굴이 유독 시퍼렇게 겁먹은 안색이었다. 어디 아프냐고 몇 번을 물어도 아니라면서 술만 마셨다. 저절로 우리는 어색하지 않게 대학 시절 함께했던 우리의 얘기를 꺼내기 시작했다. 얌전하던 태준이가 4학년 1학기 말에 갑자기 해병대에 자원입대해서 우리가 얼마나 놀랐냐? 걔는 고등학교 때부터 있는 둥 마는 둥 했고, 특히 친한 친구도 없었잖아. 대학 동아리 모임 때도 조용하게 활동해서 자기 발표 때만 눈에 띄고 그랬지. 그래도 출석률은 우리 중 가장 좋았지.

참! 태준이 해병대 입대하기 전에 너 자살 소동 일으켰지? 왜 그랬냐? 그때 우리가 얼마나 놀랐는지! 뜻밖의 기억이 떠오르며 나는 명철이를 향해 고개를 돌렸다. 명철이 얼굴이 파리해지더니 볼살이 파르르 떨렸다. 잠시 후 눈언저리마저 실룩거리더니 흑흑 가슴속에서 울음덩어리를 토해냈다. 나는 당황해서 급하게 명철이 손을 잡았다. 명철이는 내 손을 뿌리치더니 고인의 영정 앞으로 가서 엎드렸다. 그러더니 몸이 부스러질 정도로 통곡하기 시작했다. 아무도 그에게 가까이 갈 수 없었다. 명철이의 울음은 하염없이 계속될 것 같았다. 우리는 고인과 명철이 주위에서 마냥 바라볼 수밖에 없었고, 계속 가슴을 쓸어내리기만 했다. 영정 속 고인의 웃음은 아련하게 보일 뿐이었다.

봄바람은 우리에게 싱그럽지 않았다. 빈소 주위를 휘몰아치며 아픈 기억을 후벼 파기만 했다. 기억난다. 그때도 봄바람이 세차게 불었다. 민희는 세찬 봄바람에 휩쓸린 듯 어느 날 우리 주변에서 감쪽같이 사라졌다. 나 역시 애태우며 밤마다 뜬눈으로 지새웠다. 그녀를 향한 사랑이 내 젊은 날을 애절하게 만들었다. 그녀는 마로니에 독서 동아리의 부회장이었다. 나는 그녀 때문에 동아리에 가입했다. 대학교 교정에서 그녀는 많은 이들에게 뜨거운 시선을 받았다. 그녀와 엉킨 루머들은 늘 우리들 술자리에서 안줏거리가 됐다. 그녀는 어느 날은 팜므파탈이, 어느 날은 백설공주가 되기도 하면서 우리를 맘대로 휘저었다. 나, 동아리 회장인 명철, 인문대 얼짱인 경석, 셋 중 누가 그녀에게 큐피드의 화살을 맞힐 수 있을까? 그건 동아리 후배들의 최대 관심사였다. 우리 셋은 짝사랑이라는 불치병을 함께 앓고 있었다. 그런 만큼 그녀의 실종 사건은 대학교 안에서 큰 화젯거리였다. 우리 셋 모두에게 치유될 수 없는 아픔을 안겨줬다.

민희가 사라진 며칠 후 명철이의 자살 소동이 터졌고, 1학기를 얼마 안 남기고 태준이는 해병대에 자원입대했다. 마로니에 독서 동아리는 신기루처럼 사라졌고, 이후로는 민희를 다시 만날 수 없었다. 나는 그녀에게서 벗어나기 위해 뼈저리게 아픈 몇 년을 보내야 했다. 그녀에 대한 기억에서 힘겹게 빠져나오자 내 젊은 날도 저물고 있었다.

명철이의 울음 따라 우리도 흐느꼈다. 빈소의 흐느낌이 잦아들기 시작했다. 통곡하던 명철이의 몸도 잠잠해졌다. 명철이는 얼이 완전히 빠져나간 얼굴이었다. 영정 속 고인과 함께 있는 듯한 행색이었다. 그는 누군가가 건네준 물잔을 들이켠 후에야 겨우 숨을 내쉬었다. 넋두리인지, 명철이의 중얼거림이 흘러나왔다. 그때 죽었어야 했는데…… 그때부터 나는 살아도 산 것이 아니었어. 몇십 년간 녹슨 깡통처럼 병든 몸뚱이만 뒹굴고 있을 뿐이지. 암세포만 키우며 매일 약으로 지탱해왔을 뿐이야. 그래도 태준이가 매일 전화해주는 낙으로 하루하루를 지내왔는데. 내가 먼저 이 세상을 떠났어야 했는데……

우리가 민희의 실종으로 총 맞은 듯 넋이 나가 있었을 때 명철이는 민희의 전화를 받았다. 목소리는 무거웠고, 따뜻하지도 않았다. "사랑하지만 함께할 수 없는 운명도 있어." 그리고 한참 있다 말을 이었다. "같이했던 시간들은 정말 행복했어. 참된 문학의 길과 함께 키워갔던 민주화의 꿈에 끝까지 동참하지 못해 미안해. 마지막으로 목소리라도 듣고 싶었어."
그녀의 목소리가 희미해져갔다. 다급하게 그녀의 이름을 불렀지만 결국 전화는 끊어졌다. 명철이는 그녀의 집을 찾아 부모님을 만났다. 그러나 부모님들도 넋을 놓고 있기는 마찬가지였다. 민희는 용서를 구하는 편지 한 장만 남겨놓았을 뿐이다. 그리고 명철이는 자살을 시도했다. 극적으로 살아난 명철이는 극렬 투사로 변신, 민주화 투쟁에 헌신했다. 자신을 돌보지 않은 투쟁의 나날이었는데, 남은 것은 폐결핵과 대장암이라는 육신의 병고였다. 명철이는 민희 소식을 나와 비슷한 시기에 태준이로부터 듣게 되었다. 그리고 거의 매일 오후 4시쯤 「You've got a friend」 신호음으로 몸의 통증을 가라앉힐 수 있었다. 이야기 중간에 고인의 영정에 눈길을 주면서 명철이는 쉰 목소리로 당시의 상황을 처음으로 고백했다.

출근길에 아내가 빤히 나를 쳐다보더니 고개를 갸웃하며 묻는다. 무슨 일 있어요? 벌써 3주째 넋 나간 사람처럼 지내고 있으니, 원. 잠자리도 피하고. 알고 있어요? 앙칼지게 목소리 끝이 올라간다. 번쩍 눈 안으로 아내 얼굴이 불쑥 들어온다. 많이 늙었군. 아내 얼굴에 주름이 퍼져 있다. 언제 내가 아내 얼굴을 똑똑히 봤지? 뜻밖의 생각이 떠오른다. 내 머릿속에서 아내 얼굴이 부루퉁하게 부풀어 있다. 갑자기 아내 얼굴이 흐릿하게 내 눈 안에서 사라진다. 친구가 죽었어. 그런데 그 친구가 매일 밤 날 괴롭혀. 나는 잠꼬대하듯 중얼거린다. 당신, 정신 차려요. 아내 목소리가 쾅쾅 울린다. 다시 눈 안으로 걱정스런 아내 얼굴이 또렷하게 들어온다. 밤일은 생각할 겨를이 없었어. 그런데 벌써 3주째인가? 친구가 전화를 걸어주지 않아. 그냥 심심해서 거는 줄 알았는데…… 그게 아니었어. 밤에 잠을 잘 수가 없네. 친구가 죽었다면서? 아내 목소리가 점점 크게 울린다. 결혼 18년 만에 아내의 목소리가 그렇게 큰 줄 처음 알았다. 아내가 자동차 키를 빼앗더니 앞장서서 차에 오른다. 빨리 타라고. 불안하니 병원까지 데려다주겠다고 한다. 결혼 18년 만에 아내가 운전하는 차로 처음 출근했다. 아내는 빨간불이 켜질 때마다 멍하게 앉아 있는 나를 툭툭 건드렸다. 왜 그렇게 얼이 빠져 있어? 친구 죽음이 그렇게 슬퍼? 아니, 불안해. 왜 불안한지 모르겠는데, 마냥 불안해. 또렷하게 들리는 아내 말소리에 대답이 절로 나왔다. 당신 불안이 없어질 때까지 내가 운전해서 출근시켜줄 테니 빨리 정신 차려! 아내는 능숙하게 운전한다. 나는 아내의 운전 솜씨에 또 한 번 놀란다.

이 노래를 들어야 돼! 원장실에서 CD를 틀었다. 9시 20분쯤 아내와 함께 「You've got a friend」를 들었다. 내 숨소리가 차분해지자 아내는 집으로 돌아갔다.

그리고 오후 1시경 경석이에게서 전화가 왔다. 대상포진과 불면증 때문에 미칠 노릇이야. 며칠 전에 다섯번째 재에 갔었어. 친구 혼령에게 부탁하고 싶어서. 제발 대상포진과 불면증을 낫게 해달라고. 경석이는 여전히 떨고 있다. 그러면서 49재 중 다섯번째 재에 갔던 이야기를 한다. 남동생에게 물어봤단다. 혹시 고인에게 민희라는 이름을 들어본 적이 있는지. 남동생은 그런 이름을 전혀 들은 적이 없다고 했단다. 그러면서 남동생이 흐느끼더군. 형님이 그동안 불면증 치료를 받고 있는 줄 몰랐다더군. 매일 수면제를 복용하지 않으면 잠을 이룰 수 없었다는 거야. 우리가 고인에게 농락당한 것 같아. 도대체 민희는 어디에 있는 거야. 대학 시절 사건이 지금까지 우리 주위를 맴돌고 있으니. 잊혀져야 했던 사건이 다 잊혀진 줄 알았는데. 아직도 우리의 하루 속에서 그 기억이 우리를 괴롭히다니. 명철이는? 하루하루 걸려오지 않는 전화를 기다리며 죽어가겠지. 갑자기 전화 속으로 기가 차다는 듯 경석이의 혀 차는 소리가 들린다. 남동생이 고인에 대해 놀랄 만한 병력을 얘기하더라는 것이다. 고인이 10여 년 전에 호주를 보름 정도 다녀온 적이 있었다. 갑작스런 여행이라 식구들도 매우 놀랐다. 그런데 고인은 중병을 앓는 환자처럼 피폐해져서 돌아왔다. 귀국 후 고인은 은행에 휴직서를 제출하고 아파트에 틀어박혀 입에 대지 않던 술을 마시기 시작했다. 식구들의 격정도 아랑곳없이 침묵을 지키면서 오로지 술로 나날을 보냈단다. 결국 고인은 알코올중독에 우울증과 급성간염 등 여러 가지 병명을 가진 중환자가 되어버렸다. 이후 정상적인 사회 활동을 할 수 없었고, 가족들이 고인을 정신과 병동에 강제로 입원시켰다. 다행히 6개월 입원한 후 알코올중독은 겨우 치료되었지만 불면증은 계속 이어졌다. 고인은 생전에 술과 불면증 때문에 고통스럽다는 내색을 전혀 하지 않았다. 매일 건강하게 아침을 시작한다고만 했었다. 심심하니까 전화하는 거라고? 친구는 심심할 수 없었다. 후후, 심심해서 불면증에 시달리냐? 쓴웃음이 절로 나온다. 고인에게 배신감을 느꼈다.

마누라가 걱정된다고, 오늘부터 직접 운전해서 출근시켜준다고 경석이에게 넋두리처럼 얘기했다. 후유, 긴 한숨 끝에 경석이는 부러운 듯 말한다. 어쨌든 너는 새롭게 하루를 시작할 수 있겠구나. 나는 어떻게 불면증에서 벗어나지?

6월 초순인데도 곧 장마가 온다는 기상예보대로 몹시 습하고 무덥다. 간간이 불어오는 강바람이 후끈한 햇볕을 식혀준다. 낙동강 하구에 자리 잡은 절은 아담한 정자 같다. 은어사(銀魚寺). 낙동강과 어울리는 절 이름이다. 고인의 49재를 지내기에도 잘 어울린다는 생각이 들었다. 막재인데 올 수 없냐고 남동생에게서 전화가 왔었다. 강바람 따라 버드나무와 포플러나무 잎사귀들이 나풀거린다. 강가 풍경이 너무나 편안하게 보인다. 고인은 뻣뻣해진 가슴을 시원하게 풀고 저세상으로 갈 것이다. 고인을 위한 염불이 강 물결 따라 은은하게 울려 퍼진다. 염불을 귀에 담으며 깊게 심호흡을 해본다. 고인을 곱게 보내고 싶은 마음에, 또한 우리들을 위해 가슴을 펴본다. 내 가슴도 잔잔하게 풀리는 듯하다. 명철이에게서 어제 전화가 왔었다. 도저히 몸을 가눌 수 없다고. 곧 태석이를 만나러 갈 것 같다고. 담담하게 말했지만, 내 가슴은 저릿했다. 통화 끝에 명철이가 더듬거리면서 "민희 소식을 알고 있냐? 민희는 언제 온다던?" 하고 궁금한 것을 결국 물었다. 아무리 암세포가 사납게 퍼져가도, 민희 소식은 듣고 싶어하는구나. 명철이가 「You've got a friend」를 듣고 싶어하는 것을 고인은 알고 있을까?

막재에 참석한 사람은 몇 안 되었다. 남동생 부부, 친척인 듯한 노인들, 옛날 은행 동료, 경석이와 나, 그리고 20대 후반쯤으로 보이는 낯선 젊은이. 여전히 남동생이 상주 노릇을 하고 있다. 청바지 차림에 노란색 티셔츠를 입은 젊은이는 막재에 참석하고 있다기보다는 마치 여행 온 관광객처럼 행동했다. 그는 남동생 부부에게 무람없이 굴기도 하면서, 절 안팎을 신기한 듯 기웃거리며 둘러본다. 무람하게 행동하고, 마음껏 웃는 것이 막재와는 어울리지 않는다. 그에게서 누군가와 닮았다는 인상이 느껴진다. 가느다란 턱선, 반달 같은 눈썹, 동그랗고 까만 눈동자, 짧지만 오뚝 솟은 콧등. 낯설지 않다. 하지만 기억 속에서 가물거리기만 한다. 간혹 남동생의 흐느낌이 염불과 함께 강 물결에 떠내려간다. 영정 속 고인은 여전히 아리송하기만 하다.

막재가 끝나면 고인은 편하게 저세상으로 갈까? 그러면 뭔지 모를 무서움에 떨고 얼빠진 우리의 하루가 달라질까? 괜한 바람인 듯하다. 고인은 쉽게 우리 곁을 떠날 것 같지 않다. 영정 속 고인의 표정이 그렇게 말하는 듯하다. '우리'라고 함께 얘기했던 시간들은 언제나 계속되어야 한다고. 여전히 우리가 함께 「You've got a friend」를 들어야 하지 않겠냐고. 왜 우리는 여전히 함께해야 하는 걸까? 불면증으로 괴로우니까? 명철이를 괴롭히는 암세포가 잠잠해져야 하니까? 하루를 새로이 시작하는 게 힘들어서? 아직도 민희 소식을 들어야 하니까?

염불만 열심히 가슴에 담고 있다. 아무리 염불을 담아도 가슴은 아직도 떨리고 불면증은 여전히 우리를 괴롭힐 것 같다. 경석이는 대상포진으로 어깨를 들썩이며 몹시 괴로운 표정을 짓곤 한다. 언제쯤 고인이 우리의 하루를 마무리해줄지 알 수 없다. 어서 빨리 우리의 하루가 새롭게 만들어져야 하는데.

염불을 가슴에 차곡차곡 담고, 영정 속 친구를 조용히 쳐다보며 부탁해본다.

막재가 끝나자 식사 자리가 마련되었다. 남동생이 젊은이를 우리 곁으로 데리고 와서 소개시킨다. 호주에서 온 고인의 아들이라고. 젊은이의 얼굴에서 고인의 코와 입술이 보인다. 깜짝 놀라면서 그의 인사를 받았다. 젊은이는 당돌할 정도로 활달하게 인사한다. 얼굴 가득 웃음을 띠고서. 얼굴에서 아버지의 죽음을 슬퍼하는 눈물 자국은 전혀 찾아볼 수 없다. 젊은이의 얼굴이 낯설게 보인다. 사찰 음식이 맛있다면서, 신기한 듯 숙모에게 이것저것 물어본다. 위패와 유품이 타들어가도, 고인의 마지막 흔적이 강바람에 흩어져도, 그는 마치 여행객이 풍물놀이를 구경하듯 행동한다. 막재가 끝나자 그는 절 주변 풍경을 사진에 담는다며 바쁘게 돌아다닌다. 막재가 끝날 때까지 결국 민희 소식은 듣지 못했다. 위패와 유품을 태운 시커먼 연기만 하늘로 묵묵히 올라간다.

호텔 로비에 들어서자 에어컨 냉기가 바깥 무더위를 몰아낸다. 전력 부족이라고 매스컴에서 떠들어대지만 호텔 커피숍은 서늘할 정도다. 6월 초순 날씨가 장마 전 이상고온이다. 짜증이 하루 종일 온몸에 붙어 있다. 커피숍에는 경석이와 젊은이가 함께 앉아 있다. 무람없던 표정은 사라지고 오늘 젊은이의 얼굴은 묵직하기만 하다.

오늘 아침에도 아내가 운전하는 차로 출근했다. 며칠째 계속되고 있는 새로운 습관이다. 운전 중 아내는 나를 힐끔힐끔 쳐다보곤 한다. 괜찮냐고 물어보면서. 오전 9시쯤 「You've got a friend」가 내 방에서 울렸을 때 깜짝 놀랐다. CD플레이어를 누르려는 참이었다. 스마트폰 액정 화면에 고인의 전화번호가 떴다. 스마트폰을 들자 젊은이의 목소리가 귓속에 박혔다. 낮고 묵직했지만 왠지 모르게 떨리고 있었다. 고인의 아들이었다. 막재 때는 대단히 죄송했습니다. 내일 호주로 돌아가는데, 시간이 되시면 오늘 저녁에 꼭 뵙고 싶습니다.

막재 때 만난 후 그에 대해 매우 궁금했었다. 그러나 막재를 마치자마자 사진만 몇 컷 찍더니 그는 사라져버렸다. 어제 명철이가 마지막으로 전화한다며 연락해왔을 때, 그에 대한 얘기를 했다. 명철이는 깜짝 놀랐다. 그리고 혹시 민희 소식을 알고 있을지도 모른다면서 쉰 목소리로 더듬거리며 아리송한 말을 내뱉었다.

주문한 커피가 나올 때까지 젊은이는 머뭇거리며 무슨 말을 해야 할지 당황하는 듯했다. 얼굴은 막재 때 본 표정이 아니다. 볼이 헬쑥해졌고 눈두덩이 많이 부었다. 어제 하루 종일 아버지 유품을 정리했습니다. 사실 한국에 오고 싶진 않았어요. 하지만 삼촌이 법적으로 해결할 문제가 있다고 야단치는 바람에 막재 때 온 거구요. 양복 주머니에서 낡은 사진과 낯익은 친구 핸드폰을 꺼내 테이블 위에 올려놓는다. 저는 아버지를 사랑할 수 없었습니다. 아니, 사랑하고 싶지 않았어요. 저는 한국과 호주를 오가며 자랐죠. 어느 쪽에서도 환영받지 못한 신세로 말예요. 어머니는 극심한 신경쇠약을 앓고 계셨는데, 사업 실패까지 겹치자 8년 전 나를 큰이모에게 맡기고 자살하셨어요. 억누를 수 없는 흐느낌이 말끝에 터져나왔다. 주위 사람들이 놀란 시선으로 우리를 쳐다본다. 그가 아메리카노를 한 모금 마신 후 겨우 울음을 삼키며 말을 잇는다. 어머니가 돌아가신 후 큰이모는 아버지 때문에 엄마 인생이 망가졌다고 귀가 따가울 정도로 넋두리를 늘어놨어요. 잠시 뒤 그가 낡은 사진 한 장을 우리에게 내민다. 제 어머니예요. 사진 속에서 한 여자가 환하게 웃고 있다. 그녀는 우리가 기억하는 젊은 날의 민희다. 우리는 놀라서 서로의 얼굴만 멍하게 봤다. 놀란 시선으로 다시 한번 사진을 뚫어지게 본다. 우리의 마음을 휘저었던 여왕의 자태 그대로였다. 그는 커피를 한 모금 더 마시더니 쓴웃음을 날린다. 아버지가 쓸데없이 일기장을 유품으로 남겼더군요. 어젯밤 내내 일기장을 읽었습니다.

그가 갈색 손가방에서 빛바랜 은행 사무용 노트를 꺼낸다. 떨리는 손으로 테이블 위에 올려놓는다. 그러곤 잠시 우리를 응시한다. 그의 눈가에 번진 눈물이 반질거린다. 아버지 일기장입니다. 10여 년간 중요한 사건을 꼬박꼬박 써놓으셨더군요. 무언가 체념한 듯 긴 한숨을 몰아쉰다. 눈물을 힘껏 닦는다. 이 일기장을 읽고 나니 그토록 미웠던 아버지에게 고개를 들 수 없을 정도로 죄송하더군요. 미워할 수 없었습니다. 오히려 너무 불쌍해서 밤새 울었어요. 살아생전 아버지는 살아도 산 것이 아니었습니다. 스스로 자학과 죄의식에 갇혀 매일 살을 도려내는 생지옥에서 살아오신 거죠. 그날그날 일기를 끝낼 때마다 우선 저에게 미안하다고, 그다음엔 제 어머니에게 미안하다고, 마지막으론 세 분께 미안하다고 적어놨더군요. 불면증, 우울증, 편두통, 소화불량 등을 앓으셨는지 약들이 침대 옆 탁자에 잔뜩 있더라구요. 약으로 겨우 살아왔던 거죠. 오로지 어머니를 지독하게 사랑한 잘못밖에는 없는 것 같습니다. 저는 어느 봄날 어머니의 동정심 때문에 만들어졌더군요. 아버지 잘못은 아니었어요. 오히려 어머니가 원망스럽죠. 일생 동안 아버지의 간절한 애원을 받아들이지 않았어요. 매몰차게 아버지 마음을 뿌리쳤습니다. 아버지 가슴에 벗어날 수 없는 멍에만 남겨놓은 채 어머니는 일찍 세상을 떠났어요. 아버지는 하루를 세 분에게 전화하는 것으로 겨우 지탱했습니다. 자학의 방법이었던 거죠. 세 분에게 죽은 엄마 소식을 가끔 거짓으로 전하면서 말입니다.

젊은이는 두 사람 봄날의 사생아였다. 그것도 그녀의 동정심 때문에 생긴. 태준이와 함께 있었던 그 봄날, 그녀는 백설 공주였을 것이다. 그녀의 눈에 태준이는 난쟁이로 보였겠지. 그리고 태준이의 눈물 어린 짝사랑 고백에 동정심이 생겼겠지. 일기장에 짝사랑을 고백했던 날짜와 장소는 '대학교 4학년, 5월, 범어사 길'이라고 적혀 있단다. 그녀는 너그럽게 막걸리를 권했고, 백설공주인 채 태준이의 짝사랑을 한번쯤 보듬어주고 싶었겠지. 자신은 공주니까 불쌍한 난쟁이를 한번쯤 안아줘도 괜찮다고 여겼을 거야. 봄날을 술로 느끼면서. 하지만 그녀는 백설공주로 계속 있고 싶었을 거야. 그리고 태준이는 여전히 난쟁이로만 보였을 거고.

젊은이만 봄날에 괜스레 우리의 하루를 만드는 씨앗이 돼버렸다. 우리에게 몇 년간의 하루를 만들어왔다. 낡은 사진 속 그녀는 여전히 도도하게 빛나고 있다. 경석이가 식은 커피를 물 마시듯 들이켠다. 긴 이야기를 끝낸 젊은이의 얼굴이 멍하다. 우리 역시 마찬가지다. 할 말을 잃었다. 심심해서 전화한 거라면서? 경석이가 어이없다는 듯 피식 웃는다. 갑자기 숨이 막혀온다. 손이 수전증에 걸린 듯 심하게 떨린다. 식은땀이 이마를 타고 흘러내린다. 경석이도 덜덜 입술을 떨면서 "심심해서 전화했다면서……" 잠꼬대하듯 몇 번씩 되뇐다. 전화를 걸어봐! 젊은이에게 다그친다. 그가 급하게 고인의 핸드폰을 누른다. 「You've got a friend」가 답답한 커피숍에 퍼진다. 겨우 막혔던 숨이 터지는 듯하다. 이마에 흐르는 땀을 닦는다. 경석이는 이미 얼이 빠져 있다. 호텔 커피숍은 너무 답답하다. 우리는 근처 생맥주집으로 자리를 옮기기로 한다. 젊은이가 고인의 유품을 차곡차곡 갈색 가방에 챙겨 넣는다.

우리 셋은 생맥주 500시시를 단숨에 들이켠다. 속은 여전히 답답하다. 계속 전화를 걸어! 경석이가 젊은이에게 말한다. 「You've got a friend」가 겨우 속을 달랜다. 배터리는 충분하겠군. 몇 시간 정도는 들을 수 있겠는데? 젊은이는 마시는 생맥주만큼 눈물을 흘린다.

엄마 사진은 찢을까요? 지금 찢어봤자 만들어졌던 하루들이 바뀔 수 있겠나? 명철이에게 얘기할까? 경석이가 숨을 고르며 말한다. 그냥 모르고 고인을 만나는 게 좋을 거야. 저세상에서 새롭게 하루를 만들 수 있게. 「You've got a friend」는 밤새는 줄 모르고 우리 귓가에 맴돈다. 배터리가 다 닳지 않길 바라면서.

화씨 97.7도

오늘 만나자. 꼭 만나야겠다. 자살 직전 유언 같은 문자를 그녀에게 보낸다. 카카오톡 빈칸을 느낌표로만 가득 채운다. 쌕쌕거리는 숨소리를 따라 손끝이 떨린다. 노을이 캔의 눈동자에서 검붉게 변해간다. 내 마음의 체온이 서서히 높아간다. 회원들에게 메일로 춘계 학술 세미나 공문을 바쁘게 보내는 중이었다. 캔이 야옹 하며 창가 꽃병 옆에 내려앉았다. 녀석은 창밖 광안대교에서 퍼지는 노을을 찬찬히 바라봤다. 벌써 저녁이네. 녀석의 눈동자 속으로 노을이 스며들고 있었다.

그렇게 법석거리던 녀석이 잠잠해졌다. 미라가 된 듯 캔이 노을 속에 묻혔다. 노을에 물드는 녀석의 눈동자가 점점 커졌다. 녀석의 들숨 날숨이 멈춰진 듯했다. 입가 수염만이 가늘게 떨리고 있었다. 녀석의 눈동자가 노을에 흠뻑 젖었다. 노을에 물들어가는 눈 속 깊숙이 녀석의 마음이 보인다. 마음이 너무 잔잔하다. 전율이 내 등짝을 후려쳤다. 갑자기 녀석의 눈동자 속에서 그녀가 보였다. 그녀가 점점 커졌다. 녀석의 잔잔해진 마음에 눈물이 고인다. "노을은 외로움을 짜릿하게 만들어." 캔인지 그녀인지 모를 누군가가 속삭인다.

그녀가 게이샤를 마시며 나에게 다가온다. 게이샤 향기가 노을 속으로 퍼진다. 그녀가 혀끝으로 게이샤를 음미하며 "노을은 외로움을 짜릿하게 만들어" 하고 반복한다. 그녀도 캔처럼 노을에 묻힌다. 그녀의 눈동자에 노을이 퍼진다. 눈동자가 점점 커진다. 노을에 물들어가는 눈동자 깊숙이 그녀의 마음이 보인다. 마음이 너무 잔잔하다. 너무 쓸쓸하다. 그녀의 마음을 만진다. 그녀의 얼굴을 만진다. 전혀 움직임이 없다. 그녀의 잔잔한 마음에 눈물이 고인다. 그녀의 체온이 36.5도에 머무르고 있다. 나도 그녀의 몸과 마음의 체온으로 변하고 싶다.

엄마는 노을을 바라보면서 게이샤를 마셨어. 내가 공원 언덕 계단에 오르면 엄마는 카페 2층 테라스에서 손을 흔들었지. 계절마다 공원 숲 속에 스며드는 노을이 달랐어. 하지만 노을은 언제나 카페 지붕에서 시작되었고, 테라스에 듬뿍 내려앉았어. 노을에 묻혀서 나를 기다렸지. 하굣길에 엄마는 카페에서 함께 식사하자고 했어. 대학 입시를 준비하는 딸에게 제대로 뒷바라지를 못해줘서 미안하다고 했지. 공원 언덕 계단에 다다르면 노을 속에 게이샤 향기가 퍼졌어. 코끝이 찡해오며 아버지가 원망스러웠지. 엄마는 나를 보며 언제나 웃고 있었지만, 엄마의 눈가 주름은 노을에 깊게 패여 있었어. 외할머니가 재혼을 재촉했지만 남동생과 나만 있으면 된다면서 외면했지. 외할머니의 잔소리는 똑같았어. 애비 죽은 지 10여 년이 되어가는데, 너도 너 살날 챙겨야 되지 않겠느냐고 했지.

폐암 말기였을 때에도 엄마는 카페 2층 테라스에서 나를 기다렸어. 언제나 엄마는 게이샤를 마시며 내게 말하곤 했지.

"노을이 서쪽 하늘에서 시작되면 게이샤 냄새가 퍼지는 것 같아. 만일 노을에 맛이 있다면 어떤 맛일까, 상상할 때가 있지. 처음에는 쓴맛이 혀를 찌르다가 입안에 달콤하게 여운을 남기는 게이샤 맛과 닮았을 거야. 노을을 보며 게이샤를 마실 때 나는 마음이 차분해지면서 하루를 편안하게 정리할 수 있어."

엄마가 아픈 후로 남동생도 함께 저녁 식사를 했지. 군 입대 며칠 전이었어. 5월 장미가 카페 담벼락을 따라 활짝 피었어. 노을은 장미와 어울리며 카페를 화사하게 만들었지. 하지만 엄마의 주름에 비친 노을은 너무 쓸쓸했어. 남동생은 장미

꽃잎을 계속 뜯으며 흐느꼈지. 남동생 손끝에서 장미 꽃잎들은 노을 속으로 쓸쓸히 흩어졌어. 엄마는 게이샤를 마시며 남동생의 머리를 쓰다듬어줬지. 괜찮다고. 너희들만 건강하면 된다고. 노을이 검붉게 변하면서 엄마의 눈물을 가려버렸어. 입대 전날, 남동생은 엄마 곁에서 하루 종일 흐느꼈어. 내가 할 수 있는 일은 없었어. 게이샤를 만들어 엄마에게 주는 일밖에는. 어떤 일이 있더라도 군 생활 잘해야 한다고 남동생에게 몇 번이나 다짐을 받았어.

특별병동에 입원하기 전에 우리는 하루 종일 2층 테라스에 앉아 있었지. 수국이 언덕 계난을 따라 활짝 피었어. 여름철 노을은 장난꾸러기처럼 찾아왔어. 공원이나 카페가 어린애 장난치듯 시끌벅적했으니까. 하지만 노을에 묻힌 엄마의 얼굴은 헬쑥하고 앙상하기만 했어. 엄마는 노을에 물들어가는 수국을 찬찬히 바라봤지. 수국 위에 내려앉은 노을이 너무 예쁘다. 엄마의 눈동자가 커지며 속삭였어. 노을에 물든 수국 꽃잎들이 엄마의 눈동자 속에서 하늘거렸지. 엄마 눈동자 깊숙이 마음이 보였어. 너무 잔잔했어. 한없이 흐느끼는 나를 엄마가 껴안아줬지. 노을에 물든 수국을 내 마음에 가득 담았단다. 언제 어디서든지 너와 함께 가슴에 담은, 노을 묻은 수국을 기억할 수 있을 거야. 나는 엄마의 눈동자에 가득 담긴 수국을 바라봤어. 엄마는 내 눈물을 닦아주면서 말하더군. 함께 게이샤를 마시자꾸나. 엄마와 본 마지막 노을이 잔잔하게 사라졌어. 함께 껴안고 노을이 사라지는 것을 애잔하게 느꼈지. 엄마의 몸은 식어가고 있었어. 갑자기 외로움이 짜릿하게 정수리를 찔렀어. 노을이 사라질 즈음이었어. 온 마음이 텅 비더군. 나는 엄마를 놓치지 않으려고 꼭 껴안았지. 텅 빈 마음에 엄마를 담고 싶었어. 결국 엄마를 놓쳐버렸어. 며칠 후 엄마는 나와 남동생의 통곡을 들으며 이 세상을 떠났어. 나는 거의 일 년을 카페 지붕에서 시작되는 노을을 보며 게이샤를 마셨지. 노을을 잔잔하게 바라보던 엄마를 닮고 싶었어. 노을은 언제나 엄마처럼 잔잔하게 내려앉더군. 계절 따라 꽃들만 변할 뿐이야. 일 년이 지날 즈음, 텅 빈 마음에 노을을 가득 담을 수 있었어. 엄마를 떠나보낸 지 일 년, 나는 편안하게 카페를 떠날 수 있었지. 동생은 나보다 더 힘들어했어.

기억난다. 그녀가 노을을 보며 36.5도 마음으로 잔잔하게 말하곤 했다. 캔의 눈 속 깊이 노을에 묻힌 나도 보인다. 그녀 곁으로 내가 다가간다. 그녀가 멀어진다.

6년 전 유둣날이었다. 그녀의 눈동자에서 노을을 처음 본 날이.

"이왕이면 이번에는 유둣날 오후에 이기대로 가서 바닷물에 손발이나 담가보는 건 어때?"언제나 분위기를 잘 이끄는 해파랑길 탐사 동호회장인 시인 아줌마가 제안했다.

"신라 때부터 이어온, 여인네들이 동쪽에서 흘러오는 물에 머리를 감고 몸을 씻은 후 몸보신을 할 수 있는 유일한 가일이 유둣날이잖아. 비록 바닷물이지만 이기대는 동쪽이라 할 수 있고. 지금은 바닷물에 손발을 담가도 되잖아? 여성해방 최초의 날이라 할 수 있는 유둣날에 이기대 바닷가에서 석양을 보며 맘껏 씻고 몸보신합시다."

여성 회원들의 환호성이 귀를 찔렀다.

그해 유둣날은 유달리 쾌청했다. 낮 더위 끝에 저녁이 시작됐다. 더 높은 하늘만큼 노을은 짙었다. 노을은 갯바위나 바다 위에 양귀비처럼 피어났다. 스무 명 정도의 회원들이 석양에 물든 이기대 해변 절경에 감탄하며 카메라 셔터를 연신 눌러댔다. 노을에 홀린 듯 회원들은 갯바위 주변을 어린애마냥 뛰어다녔다. 노을이 짙어질수록 회원들의 웃음소리도 점점 커져갔다. 그녀만 갯바위에 우두커니 서서 노을을 바라봤다. 그녀와 몇 번 해파랑길 탐사를 간 적이 있지만, 서로 가볍게 인사만 건넨 사이였다. 나는 검붉게 변한 갯바위가 왠지 두려웠다. 떨리는 가슴으로 검붉은 파도를 바라봤다. 그녀는 노을에 묻혀 파도 소리만 듣고 있는 듯했다. 내가 바라보는 노을을 그녀도 바라보고 있었다. 그녀의 곁으로 다가갔다. 그녀의 얼굴에 노을이 촉촉하게 퍼지고 있었다. 눈동자에 노을이 슬프게 담겨 있었다. 내가 다가가도 그녀는 인기척을 느끼지 못했는지 마냥 서 있기만 했다. 그녀의 눈 속에서 나를 봤다. 나는 그녀의 눈 속에서 울고 있었다. 회원들의 웃음소리가 귓가로 스쳐지나갈 뿐이었다.

"갯바위 위에 퍼지는 노을을 보면 죽은 친구가 생각나요. 자살이었는지 실족사였는지 아직도 잘 모르겠어요. 대학 졸업 후 백수 생활을 함께 했죠. 오늘 같은 여름날이었어요. 친구가 갯바위 밤낚시를 가자고 하더군요. 왠지 우울한 낯빛이었어요. 친구는 소주를 준비했어요. 밤낚시를 하면서 별빛과 함께 소주잔을 기울였죠. 별빛은 유난히 곱고 밝았지만 친구의 넋두리에는 언뜻 죽음의 기운이 서려 있는 것 같았어요. 친구는 기운이 하나도 없었어요. 밝고 고운 별빛도 친구의 마음을 돌려놓진 못했죠. 살아갈 힘은 고갈되었고, 모든 것이 죽음을 생각하는 이유가 되었어요. 백수 생활, 실연, 아버지의 외도, 경제적인 어려움 등등…… 내가 아무리 설득해봐도 소용없더군요. 새벽녘 잠시 눈을 붙인 사이, 친구는 사라졌어요. 하루 종일 해양 경비대가 근처 바다를 샅샅이 뒤졌죠. 저녁 무렵 실종된 친구를 찾았어요. 친구는 노을 덮인 갯바위에 누워 있더군요. 그렇게 무심하게 누워 있는 친구가 오히려 편해 보였어요. 하지만 그렇게 훌쩍 떠난 친구가 원망스럽기만 했어요. 주검 위에 덮인 노을이 너무 고왔죠. 눈물만 뚝뚝 흘렸어요. 오늘처럼 아름다운 노을이었어요."

어느덧 그녀는 나를 애처롭게 바라봤다. 나는 혼잣말하듯 이야기를 중얼거렸다. 그녀의 눈동자 속 노을에 나는 잠기고 있었다. 그녀의 어머니와 내 친구가 함께 노을 속에 묻혔다. 우리는 자연스럽게 우리만의 이야기를 할 수 있었다. 회원들 웃음소리는 들리지 않았다. 유둣날 이후, 그녀는 카페로 나를 초대했다. 함께 게이샤를 마시며 공원 언덕에 내려앉은 노을을 바라봤다. 우리는 같은 체온에서 가슴이 함께 뛰는 것을 느꼈다.

어느덧 6년이 흘렀다. 언제부터인가 잊히는 것이 많다. 내가 잊고 싶어서 잊히는 것이 아니다. 저절로 잊히고 있었다. 장맛비가 유난히 오래 내렸다. 습기에 우중충한 날씨가 거의 보름 동안 계속되고 있었다. 며칠 전부터 저체온으로 면역력이 떨어졌다. 온몸이 욱신거렸다. 코감기로 시작해 목감기로 옮겨졌고, 편두통까지 모든 것을 귀찮게 만들었다. 수시로 변하는 체온 때문에 감기를 달고 살아야 했다. 습기 찬 허벅지와 사타구니에 곰팡이가 간질거리며 나를 짜증나게 했다. 게이샤도 마시고 싶지 않았다. 모든 일들이 쉽게 잊혔다. 후끈한 습기는 두개골까지 아둔하게 만들었다. 잊힐 수밖에 없었다. 그녀가 화를 낸 날은 내 컨디션이 엉망이었다. 날씨 때문인지, 스트레스 때문인지 저체온이 계속되었다. 침대에서 그녀의 체온을 맞출 수 없었다. 그녀는 36.5도였다. 나는 저체온이었다. 그녀는 내 체온을 올려주려고 무던히 애썼다. 나는 짜증만 냈다. 제대로 발기되지 않은 채 사정했다. 개운하지 않았다. 그녀가 침대를 정리하면서 여행 얘기를 꺼냈다.

"다음 주에 태국 여행 가는 거 알지? 고등학교 동창모임에서 가는 거야."

그녀에게서 여행 간다는 말을 듣자 버럭 화부터 냈다. 마치 저체온에서 사정한 것이 그녀 탓인 양. 한 달 전에 그녀가 얘기한 걸 잊고 있었다. 걷잡을 수 없을 만큼 화가 커졌다. 습진으로 간질거리는 허벅지를 벅벅 긁으면서 그녀의 화까지 돋웠다.

"어쨌든 나는 다녀올 테니 그렇게 알고 있어요."

그녀는 같은 말만 되풀이하면서 단호하게 끝맺음을 했다. 그리고 나를 쳐다보지도 않고 아파트를 떠났다. 정수리가 부서질 듯 화가 솟구쳤다.

"어쩌겠냐? 급하다는데…… 네가 좀 도와줘야지."

어머니에게 전화가 걸려왔을 때, 무더운 습기가 끈적끈적하게 등 뒤에 들러붙어 있었다. 갑자기 2천만 원을 마련해달

라고? 당연하다는 듯이 장남이라는 덫을 또 덮어씌웠다. 세
미나 날짜는 일주일도 채 남지 않았는데 발표할 논문은 반도
완성되지 않았다. 김 선생이 조사한 자료는 너무 부실했다.
은행 지점장인 친구는 해외 출장 중이라 대출도 쉽지 않았다.

"형님, 죄송합니다. 일주일 안에 마련되지 않으면 가게를
비우라고 하네요."

전화 속 막내 동생은 죄송하다는 말만 몇 번씩 되풀이했다.
이번 세미나 논문 발표는 중요하니까 자료를 정확하게 조사
해서 넘겨달라고 김 선생에게 부탁했었다. 김 선생은 씩 웃으
며 "예, 알겠습니다"라고 힘차게 말했지만 그뿐이었다. 부실
한 조사로 나를 난감하게 했을 뿐만 아니라, 본인의 이혼 문
제로 아예 소식불통이 되었다. 책이든 A4 용지든 책상이든 모
든 것들이 눅눅하기만 했다. 90퍼센트를 넘는 습도는 곰팡이
를 더욱 활기차게 만들었다. 무더운 습기는 내 몸 안에서 증발
되지 않은 채 짜증만 만들었다. 암세포도 좋아한다는 35도로
떨어졌다. 나는 며칠째 목감기를 달고 다녔다. 그녀는 내 곁
에 있어야 했다. 세미나가 끝나는 날, 체온은 35도 이하로 내
려갈 것이다. 그날 바로 그녀에게 달려가야 한다. 그녀의 몸
안에서 36.5도로 체온을 올려야 한다. 그래야 병들고 지친 내
몸과 마음이 편안해질 거다. 그래야 곰팡이들이 사라지고 감
기가 나을 것이며 짜증이 없어질 것이다. 논문 발표 전날, 그

녀가 여행을 떠난다고 전화를 했다. 화가 걷잡을 수 없이 솟구쳤다. 또다시 그녀에게 버럭 화를 냈다. 그녀는 전화 속에서 침묵만 지켰다.

"일단 다녀올게."

그녀는 날카롭게 말을 뱉고 전화를 끊었다. 그녀는 여전히 36.5도일 것이다. 변하지 않는 그녀의 체온이 나를 더욱 화나게 했다. 핑계일 뿐인 건망증이었다. K대학교에서 세미나를 하는 동안 그녀는 태국으로 떠났다. 논문 발표 직전에 그녀가 보낸 문자를 봤다. 여행하면서 우리의 관계를 곰곰이 생각해볼게. 다녀와서 내 맘을 알려줄게. 나도 좀 화가 나네. 체온이 갑자기 올라갔다. 무덥고 습한 바람이 온몸을 휘감았다. 바람에 갇혀 말조차 제대로 뱉어낼 수 없었다. 36.5도의 체온이 언제나 필요할까? 발표할 논문 제목보다 더 뚜렷하게 머릿속을 스쳐갔다. 마음을 비울 여력조차 없이, 땀범벅이 된 채 논문 발표를 겨우 마쳤다.

그녀가 태국으로 여행을 떠난 후, 갑자기 아파트가 썰렁해졌다. 하지만 장맛비는 계속 내렸다. 내가 기억하지 못하는 것인가? 그녀가 잊어버린 것인가? 우리에게는 잊어서는 안되는 것들이 너무나 많았다. 캔에게 밥을 꼭 줘! 그녀가 남긴 마지막 문자였다. 4박 5일이 지났다. 여행에서 돌아왔을 텐데 그녀에게서 연락이 없었다. 체온이 오르락내리락 종잡을 수 없었다. 입안이 텁텁했다. 혓바늘이 돋고 잇몸이 간지러웠다. 언제 게이샤를 마셨지? 기억할 수 없었다. 함께 게이샤를 마시는 걸 그녀가 잊어버렸나? 캔이 내 주위를 계속 맴돌았다. 캔의 밥그릇이 바싹 말라 있었다. 그녀에게 전화를 걸었다. 따져야 한다. 왜 캔에게 밥을 주지 않았는지. 계속 신호음만 들렸다. 아침부터 짜증이 솟구쳐 올랐다. 후끈후끈 어깨부터 정수리까지 뜨거워졌다. 38도가 넘는 것 같았다. 아침 체온이 아니었다. 아침은 평온해야 된다. 몇 번 더 휴대전화 번호를 눌렀다. 여전히 신호음만 들린다. 카카오톡 문자가 떴다. 서로 생각할 시간을 가져야겠어. 며칠 후 연락할게. 나는 또 잊고 있었다. 그녀에게 버럭 화냈던 것을. 급하게 게이샤를 찾았다. 게이샤 향기가 맡고 싶어졌다. 도대체 기억나지 않는다. 어떤 냄새였는지. 캔의 밥그릇에 고양이 통조림을 뜯어 참치를 담았다. 캔이 허둥지둥 참치를 먹었다. 나도 허둥거리며 구석구석 게이샤 원두를 찾았다. 그녀는 끝내 전화를 받지 않았다. 게이샤 원두가 어디 있지? 문자를 날렸다. 답장이 오지 않았다. 아파트 공기가 싸늘해졌다. 그때부터 아파트가 낯설어졌다. 기억할 수 없는 옛일들을 힘들게 끄집어내기 시작했다. 도대체 왜? 6년 동안 그렇게 해왔던 게 아닌가? 서로 36.5도의 체온을 유지하면서 하루 종일 그녀에게 전화했다. 신호음만 계속 울렸다. 스물네번째 신호음에 기적처럼 그녀의 목소리가 들렸다.

"당신은 그 체온을 유지할 수 없었어."

그녀는 잔잔하게 말했다.

"유지할 수 없었다고?"

나는 조급하게 물었다.

"물론이지. 버럭 화를 낼 때마다 38도 이상으로 올라갔어. 아무리 바깥 온도가 오르락내리락해도 우리는 36.5도의 체온을 서로 느껴왔고 느껴야 하는 거야. 그런데 요즘 들어 너는 자주 화를 내더군. 나도 네가 왜 그러는지 모르겠어. 캔은 내 품속에서만 편하게 지냈지. 네가 버럭 화를 낼 때마다 나는 도저히 너의 지랄 같은 체온을 감당할 수 없었어. 난 언제나 어머니의 품에 안겼을 때 느꼈던 체온을 유지하고 싶거든. 너 때문에 어머니의 체온을 잃고 싶지 않아."

그녀는 담담하게 얘기했다. 게이샤를 마시는지 가끔 홀짝거리는 소리가 핸드폰 속에서 들렸다. 나도 게이샤를 마시고 싶었다. 목구멍이 바싹 말라버린 듯했다. 겨우 입을 열었다.

"언제 게이샤를 함께 마실까?"

나는 35도의 마음이 되었다.

"이제부터 혼자 마시는 연습을 할 거야. 어머니의 체온을 느끼면서. 너도 혼자 마시도록 해."

그녀는 차분하게 전화를 끊었다. 다시 통화를 시도했지만 짜증 나게 신호음만 들려왔다. 캔을 안고 싶었다. 녀석의 밥 그릇이 비어 있었다. 녀석은 보이지 않았다. 나는 정신없이 녀석을 찾아다녔다. 아무리 아파트를 둘러보아도 녀석을 찾을 수가 없었다. 체온은 점점 내려가고 있었다. 체온이 내려 가면서 외로움이, 무서움이 너울처럼 나를 덮쳤다. 나는 싸늘 하게 식어가고 있었다. 머리 꼭대기에서 발끝까지. 내려가는 체온을 도저히 측정할 수가 없었다. 그녀는 잃지 않았다. 그 녀의 체온을. 나는 잃어버렸다. 내 체온마저 말이다. 언제 다 시 36.5도 체온을 찾을 수 있을까? 두려웠다.

6년 동안 아파트는 그녀의 냄새로 구석구석 채워졌다. 체 취는 느껴지는데 체온은 느낄 수 없다. 나는 몽유병 환자처 럼 아파트를 이리저리 헤매고 다닌다. 욕실 장식장을 열자 머 리빗에서 그녀의 내음이 풍겼다. 눈물이 왈칵 쏟아졌다. 그녀 가 즐겨 쓰던 장미 문양의 커피잔에 눈물이 떨어졌다. 그녀와 오랫동안 함께 한 침대 위에서 뒹굴었다. 침대 깊숙이 그녀의 내음이 배어 있다. 눈물만 나올 뿐이다. 체온은 올라가지 않 는다. 몇 개월째 저체온이다. 온몸과 마음이 차갑기만 하다. 어깨에 대상포진이 생겼다. 며칠을 통증으로 헤맸다. 외로움 의 두께를 잴 수 없었다. 두려움이 커질수록 대상포진도 커져갔다.

침대는 우리를 6년간 품고 있었다. 그녀는 언제나 따뜻하고 포근한 매트와 이불에 파묻히는 것을 좋아했다. 함께 침대를 사러 갔을 때, 그녀는 볼이 상기된 채 말했다. "나를 사랑하는 침대를 갖고 싶어." 넓은 가구 매장에 들어서자, 매장 가운데 놓여 있는 갈색 침대가 선뜻 눈에 띄었다. 그 침대는 갈색 오크나무로 만들어진, 특별한 장식 없이 단순한 직사각형 모양이었다. 침대를 보는 순간 서로 싱긋 웃으며 바로 직원에게 구입하겠다고 말했다. 침대는 정갈했으며 우리를 따스하게 품어줄 수 있을 것 같았다. 마음껏 뒹굴어도 싫어하지 않을 것 같았다. 매트는 텔레비전 광고에 자주 나오는 것으로 골랐다. 아무리 매트 위에서 뛰어도, 옆에서 잠을 잘 수 있다는 제품이었다. 이불은 여름용 모시와 겨울용 캐시미어로 두 벌을 샀다. 모시는 까칠한 것이 시원했고, 캐시미어는 포근하고 따뜻했다. 우리는 침대를 산 첫날부터 수줍어하지 않았다. 헤어지기 전까지 한결같이 뜨거웠고 달콤했다. 그녀는 침대에 오르기 전에 언제나 샤워를 했다. 물소리는 시냇물처럼 졸졸거렸다. 시끄럽지 않았다. 나는 떨리는 가슴으로 물소리를 들으며 맥주 한 잔을 마셨다.

침대 옆 창문에는 언제나 보라색 커튼이 드리워져 있었다. 나는 가끔 커튼을 열고 창밖 어수선한 풍경을 너그럽게 바라보곤 했다. 샤워를 마친 그녀에게서는 풋풋한 새싹 냄새가 났다. 나는 힘차게 칫솔질을 하며, 욕실 거울에서 들떠 있는 얼굴을 보았다. 욕실에서 나오면 그녀는 캔과 침대 위에서 장난을 치고 있었다. 캔도 기분 좋게 침대 위를 돌아다녔다. 캐시미어나 모시 이불은 무지개처럼 펼쳐졌으며 우리 셋은 무지개 동산에 온 듯 장난을 치며 깔깔거렸다. 언제든지 이불이 뜨겁게 부풀어오르면 캔은 슬그머니 이불 밖으로 빠져나갔다. 이불 안은 가쁜 숨소리로 가득 찼다. 아무리 우리가 뒹굴어도 침대는 언제나 포근하게 감싸기만 했다. 침대도 우리처럼 뜨겁게 달아올랐다. 우리는 침대를 타고 하늘 여행을 다니듯 클라이맥스를 즐겼다.

항상 깔끔하게 깔려 있던 이불이 침대 위에 어지럽게 뒹굴고 있다. 아무리 침대를 만져도 차갑기만 하다. 매트가 움직일 때마다 그녀의 웃음이 너울처럼 퍼졌다. 그녀가 남긴 웃음소리를 매트에서 찾을 수가 없다. 왜 이렇게 되었는지 마음이 아프다.

겨우내 계속 카페를 찾아갔다. 겨울 하늘은 어둠이 빨리 퍼졌다. 노을 덮인 카페를 볼 수 없었다. 그녀는 보이지 않았다. 게이샤를 갖다준 남동생도 냉랭했다.

"겨울이라 노을을 자주 볼 수 없나요?"

"아니에요. 겨울 노을이 얼마나 고운지 모르시는군요."

남동생이 날카롭게 내 말을 끊었다.

"대상포진이라 너무 아픕니다. 불면증으로 괴롭구요. 그런데 그리움이라는 병이 나를 가장 힘들게 하는군요."

남동생은 더 이상 말없이 커피를 리필해줬다. 게이샤를 몇 잔 마셔도 그녀의 체온을 느낄 수가 없었다. 냄새만 가슴을 아프게 찌를 뿐이다.

정이는 마냥 재재거렸다. 귀여웠다. 하지만 시끄러웠다. 한 시간 동안 내가 한 말은 예, 그래요, 그렇네요 등 간단한 대답 정도였다. 이렇게 혼자서 내내 얘기할 수 있구나 싶었다. 아파트 놀이터 그네에서 그녀에게 키스를 하는 동안에만 잠시 말이 없었다.

"루왁을 마신 적이 있어요."

내가 게이샤를 건네자 그녀는 후루룩 마셔버렸다.

'커피 향을 맡으며 천천히 혀끝으로 음미하면서 마셔야 하는 거 아냐?' 나 혼자 생각했다.

"어머, 예쁜 고양이네요. 개보다 재미있지 않나요? 고양이들은 너무 새침데기야. 강아지처럼 주인이 오면 반갑다며 달려오거나 짖어야 정이 가지."

그녀는 캔을 안으려고 쫓아다녔다. 괜히 아파트로 데리고 왔나? 캔은 그녀를 피해 이리저리 도망 다녔다. 썰렁하던 아파트가 모처럼 시끌벅적했다. 소파 위에 그녀의 빨간 겨울 코트와 머플러가 아무렇게나 흩어져 있었다. 한 번도 본 적 없는 거실 풍경이었다. 겨울을 혼자 보내기가 두려웠다. 여전히 체온은 35도였다. 편두통이 자주 나를 괴롭혔다. 잠자기 위해 조니워커를 서너 잔 마셔도 소용없었다. 불면증은 일상화됐다. 그리움이란 병은 언제 치유될까? 그리움이 암처럼 커져갔다.

동기들 송년모임에서 친구가 내 몰골을 보더니 답답한지 혀를 찼다. 억지로 끌려간 곳이 대학가 카페였다.

"여긴 싱글들이 많이 오는 곳이야."

캐럴이 카페 분위기를 떠들썩하게 만들고 있었다. 선뜻 송년 분위기에 끼어들 수 없었다. 그저 관람객처럼 그 분위기를 보고 있을 뿐이었다. 언젠가 나도 그녀와 함께 느꼈을 텐데…… 그땐 몰랐다. 한잔 술로 기억을 힘들게 지우고 있었다. 재잘거리는 소리들 사이로 참새가 지저귀는 듯한 목소리가 들렸다. 빨간 겨울 코트를 입은 여자였다. 종알거리는 모습이 귀여웠다. 모처럼 가슴이 후끈 달아올랐다. 우리는 자연스럽게 그들과 술자리를 함께했다. 빨간 코트의 여자는 내 곁으로 쉽게 다가왔다. 정이였다. 빨간 코트와 얘기하면 잠을 편하게 잘 수 있을 것 같았다. 빨간 코트가 종알거리는 얘기 때문인지 체온이 확 오르는 듯했다. 그녀가 잠시 마음속에서 지워졌다. 암세포 같은 그리움을 치료하고 싶었다.

일주일 만에 두번째 만남을 가졌다. 일주일 동안 정이는 거의 매일 얘기하듯이 문자를 보냈다. 진통제처럼 문자를 읽었다. 뜨거워지는 체온을 느꼈다. 두번째 만나러 가는 날이었다. 설레기조차 했다. '체온을 37도까지 올릴 수 있을지 몰라.' 정이는 빨간 겨울코트를 입고 왔다. 여전히 혼자서 종알거렸다. 두번째 만남인데 전혀 어색하지 않았다. 정이 얘기를 듣는 동안 내 아파트까지 오게 됐다.

"나는 언제나 괜찮아요. 여행하는 기분으로 사람을 만나니까요. 새로운 여행지에 대한 설렘이랄까? 흥분되고 재미있잖아요. 오늘 당신은 어떤 여행지일까 하면서 말이죠."

깔깔거리는 정이의 웃음은 이미 뜨거워져 있었다. 놀이터에서 그네를 타면서 정이의 입술이 너무 예쁘다고 느꼈다. 갑자기 키스를 했고, 바로 아파트로 오게 되었다. 침대는 선뜻 정이를 받아들이지 않았다. 정이는 머뭇거리는 나를 침대로 이끌었다. 정이는 샤워를 하지 않았다. 나에게 칫솔질할 시간조차 주지 않았다. 정이의 냄새를 도무지 알 수 없었다. 콧속이 시큼해졌다. 정이가 캐시미어를 덮는 순간 미끄러지며 침대 밖으로 떨어졌다. 매트도 딱딱해졌다. 캐시미어 이불에서 캔의 오줌 냄새가 풍겼다. 우리는 겨우 침대 위에서 움직일 수 있었다. 몇 도까지 올라갔는지 느낄 수 없었다. 정이의 숨소리만 시끄러웠다. 마치 수다를 떠는 것 같았다. 침대는 겨우 10분 정도만 정이와 나를 품어줬다. 체온도 갑자기 떨어졌다. 정이는 침대를 툭툭 건드리며 말했다.

"침대가 왜 이렇게 좁고 불편하지? 매트도 너무 딱딱해."

투덜거리며 잠시 샤워만 하고 나왔다. 캔은 어딘가 숨어버렸다. 침대가 낯설고 무섭게 보였다. 정이는 속옷 차림으로 소파 위에 누워 맥주를 마시면서 텔레비전을 보고 있었다. 온몸이 싸늘하게 식었다. 가슴이 텅 빈 듯했다. 빨리 갔으면. 샤워하면서 혼자 주문을 외웠다. 정이의 얘기가 듣기 싫어졌다. 그녀의 체온이 도저히 기억나지 않았다. 아무리 기억하려 해도 아둔한 머릿속이 어지럽기만 했다. 불면증이 점점 심해지면서 괴로울 것 같았다. 정이는 이 아파트에서는 필요 없을 거야. 정이가 떠나자 현관문을 힘차게 닫았다. 캔이 슬그머니 기어나왔다. 녀석도 후유 한숨을 쉬었다. 장미 무늬 커피잔으로 게이샤를 마셨다. 단축번호 1번을 눌렀다. 그녀의 핸드폰은 꺼져 있었다. 잠을 잘 수가 없었다.

한 해의 마지막은 쉽게 끝나지 않았다. 불면증으로 나날이 괴로웠다. 저절로 발길이 대학가 카페로 향했다. 정이는 여전히 재재거렸다. 귀여웠다. 카페는 정이 웃음소리로 가득 찼다. 정이가 활짝 웃으며 내 곁으로 다가왔다. 취기가 볼에 살짝 서려 있었다. 편두통이 잠시 사라졌다. 종알거리는 입술이 진통제처럼 느껴졌다.

"오빠 아파트로 갈까?"

캔이 무서워하고 싫어한다는 말을 차마 할 수가 없었다. 정이는 카페에서 웃을 때가 귀여웠다. 그녀의 수다가 카페를 즐겁게 만들었다. '그녀는 카페에 있을 때 36.5도의 체온이 될 거야.' 정이의 얼굴을 만졌다. 체온이 내 손에 느껴지지 않았다. 가슴을 만졌다. 뜨겁게 뛰고 있었다. 하지만 몇 도인지 알 수 없었다. 계속 종알거렸다. 정이와 카페에서 키스는 할 수 있을 것 같았다. 키스를 했다. 잠시 내 가슴이 뛰었다. 체온이 오르는 듯했다. 정이가 내 손을 이끌고 거리로 나왔다.

"아파트로 가요."

정이가 다시 재촉했다. 아파트로는 가고 싶지 않았다. 아파트로 가면 무섭게 체온이 내려갈 것 같았다. 정이와 키스도 할 수 없을 것 같았다.

"캔이 너를 너무 무서워해."

다시 한번 거짓말로 둘러대고는 가까운 모텔로 갔다. 정이는 여전히 샤워를 하지 않았다. 나에게 칫솔질할 여유도 주지 않았다. 겨우 아랫도리만 뜨거워졌다. 그냥 소변보듯이 사정해버렸다. 온몸이 차갑게 식었다. 정이는 혼자서 종알거렸다. 정이는 카페에만 어울렸다.

"오빠도 오빠네 침대처럼 차고 딱딱하기만 해. 오빠는 캔이 좋아할 수 있는 여자를 찾아야겠어."

정이는 웃으면서 내 볼에 마지막 키스를 했다. 정이는 카페에서만 만나야겠다고 생각했다. 하지만 카페에 갈 마음이 생기지 않을 것 같았다. 내 마음에 생긴 두려움 때문이었다. 정말 막연하게 두려웠다.

캔이 먹을 통조림이 떨어졌다. 캔이 어떤 통조림을 좋아하는지 알 수 없었다. 그녀는 캔의 구미를 잘 맞췄다. 참치, 연어, 닭 가슴살, 새우 등등 갖가지 통조림을 그때그때 캔에게 줬다. 그녀가 일요일 아침에 만들어주는 샌드위치는 계절마다 달랐다. 우유와 바나나를 믹싱한 과일 주스는 일요일 아침을 상쾌하게 만들어줬다. 녀석은 고양이 사료만으로는 불만스러운지 나를 보고 울어댔다. 녀석과 6년이나 지냈건만 어처구니없게도 나는 캔이 먹을 통조림을 어디서 파는지를 알지 못했다. 그녀에게 문자를 보냈다. 캔이 먹는 참치 통조림은 어디서 팔지? 어떤 종류의 통조림을 좋아하지? 답이 없었다. 몇 번이나 반복해서 문자를 날렸다. 메가마트 옆 동물병원에 가면 여러 가지 통조림을 팔아. 겨우 답장이 왔다. 금요일 저녁에 그녀가 만들어주던 닭튀김은 맥주 안주로도 좋았다. 닭튀김 냄새를 맡으면 일주일의 스트레스가 확 풀렸다. 저녁 식사를 하면서 그녀와 맥주 한잔을 마시면 저절로 웃음이 나왔다. 마음이 편안했다. 엠넷 오디션 프로그램을 보면서 마시던 맥주 맛. 냉장고에는 언제나 여러 종류의 맥주가 준비되어 있었다. 함께 쇼핑하면서 사 입었던 여러 종류의 옷. 아침마다 옷장을 열면 깔끔하게 준비된 속옷들. 그녀의 손길이 아파트 구석구석에 스며 있었다. 캔은 언제나 그녀의 품속에 있었다. 그녀의 체온을 함께 맞추면서. 나는 그들을 힘껏 껴안곤 했다. 침대 위에서 뒹굴 때 느껴지는 체온을 함께 느끼면서. 게이샤 향기는 저녁을 깔끔하게 마무리해주었다. 언제부터 내가 버럭 화를 냈지?

결혼하자고 했을 때 그녀는 말없이 고개만 숙였다. 노을을 담았던 눈동자 속에 또 다른 그녀가 있었다.

"이대로 지내면 안 될까? 카페도 남동생과 함께 하면서. 일주일에 사흘 정도 이 아파트에서 생활하면서."

그녀의 대답이 불만스럽진 않았다. 우리는 침대 위에서 서로의 체온을 충분히 느끼고 있었다.

독신 생활로 음산하던 아파트가 그녀의 웃음으로 밝아졌다. 매일 그녀와 36.5도 체온을 함께 유지하고 싶었다. 그녀와 함께한 3년, 어느 일요일 아침에 골드 커플링을 내밀면서 프러포즈를 했다. 그녀는 조금의 망설임도 없이 단번에 거절했다. 그게 꼬투리라도 되는 양 그때부터 나는 버럭 화를 내기 시작했다. 괜히 그녀의 가슴에 묻혀 있는 상처를 헤집어냈다. 새 침대가 아파트에 들어오던 날, 그녀는 침대에 눕지 못했다.

초조한 얼굴로 내내 안절부절못했다.

"나는 이혼한 적이 있어. 이 침대에 누울 수는 없어."

눈동자가 흔들리며 말을 잇지 못했다. 그녀의 이혼 사유는 불임이었다. 나는 그녀를 와락 껴안고 침대에 누웠다.

"괜찮아. 그따위는 아무 문제도 되지 않아."

우리는 새 침대 위에서 오랫동안 뒹굴었다.

"결혼하게 되면 내가 불임이라는 사실이 당신 마음에서 잘 지워지지 않을 거야. 차라리 이렇게 지내는 게 서로 마음의 여유를 가질 수 있어서 좋을 거야."

"꼭 그렇지만은 않아. 우리는 이미 몇 년간 좋게 지내왔잖아. 결혼하면 오히려 당신 상처를 치유해줄 수 있을 거야."

"아냐. 전 남편도 그랬어. 불임이라는 걸 알았을 때, 이해할 수 있다면서. 그런 건 우리 사이에 문제될 게 없다고. 입양하면 된다고. 그런데 겨우 1, 2년 사이에 태도가 달라졌어."

결혼 2년째에 그녀는 난관 주위 유착으로 임신할 수 없다는 것을 알았단다. 많이 아팠다고, 그래서 노을이 담긴 어머니의 눈동자를 마음에 되새기며 아픔을 쓰다듬었다고. 남편이 이혼하자는 말을 꺼냈을 때, 오히려 홀가분해지는 기분이었다고 했다. 이후로 여러 차례 강하게 결혼 얘기를 꺼냈지만 그녀는 계속 완강하게 거부했다. 버럭 화를 내도 그녀는 언제나 36.5도였다. 잔잔하게 노을을 눈에 담으면서. 그것조차 나에게는 꼬투리가 되었다. 화를 낼 때마다 결혼 얘기를 꺼냈다. 결국 결혼이 꼬투리가 되어서 화가 만들어졌다. 언제부터인지 나도 모르게 화를 내는 것에 재미를 느끼고 있었다.

"성질이 급하긴 급해. 별거 아닌 일에 화를 내고, 이미 끝난 일에 투덜대기도 하고."

그녀는 침대에서 천천히 내 체온을 0.1도씩 올렸다.

"체온 면역요법을 알아요? 체온이 36.5도에서 37도 사이일 때 몸이 가장 활기차고 건강하다는 걸. 게다가 마음도 잔잔해지죠. 하지만 사람들은 제대로 그 체온을 지키지 못해요. 체온이 오르락내리락하면서 온갖 병들이 생겨나죠. 당신은 버럭 화내는 성질 때문에 제대로 체온을 지키지 못해요."

그녀는 내 몸을 어루만졌다. 나는 그녀의 몸짓을 따라 36.5도가 되었다. 그녀는 나를 위해 조용히 해야 할 일만 했다. 금요일 밤 닭튀김과 맥주가 그리워진다. 닭튀김을 주문해보지만 그녀의 솜씨만큼 맛나지 않았다. 일요일 아침, 바나나 주스를 마시고 싶다. 빈 맥주 깡통만 거실 이곳저곳에 뒹군다. 다용도실에서 퀴퀴한 냄새가 코를 찌른다. 욕실 구석 검은 비닐봉투에 내 배설물이 담긴 팬티며 콘돔이 가득 들어 있다. 왜 화를 냈을까? 그녀와 36.5도로 있을 때, 내 몸의 신진대사가 가장 활발했다. 36.5도 체온을 되찾고 싶다.

오늘 만나자. 꼭 만나야겠다. 자살 직전 유언 같은 문자를 두번째로 보냈다. 그녀에게서는 답장이 없다. 노을이 지는 거리는 쓸쓸하기만 하다. 바람이 어둠을 싣고 불어온다. 온몸이 전율로 떨린다. 어둠이 무섭게 조여온다. 캔도 꼼짝없이 어둠에 갇혔다. 조여오는 어둠에 온몸이 부서질 것 같다. 무섭도록 외롭다. 캔을 덥석 가슴에 안았다. 캔이 깜짝 놀라며 야옹 화를 낸다. 캔을 꼭 껴안고 어둠이 깔린 거리를 달린다. 야옹 야옹 캔이 놀란 듯 내 품속에서 몸부림친다. 카페로 달려간다. 카페는 이미 어둠에 묻혀 있다. 캔을 카페 정원에 내려놓는다. 캔이 반가운 듯 코를 씰룩거리면서 카페 뒤편 주백으로 걸어간다. 나는 조심스럽게 녀석의 뒤를 쫓아간다. 야옹야옹 캔의 반가워하는 소리가 어둠에 짙게 퍼진다. 인기척이 들리며 창문이 열린다. 그녀가 깜짝 놀란 얼굴로 캔을 본다. 캔이 그녀의 품속에 덥석 안긴다. 그녀의 웃음소리와 야옹 소리가 반갑게 어우러진다. 그녀가 녀석의 얼굴을 비빈다. 그녀의 체온은 여전히 36.5도인 듯하다. 내 눈두덩이 뜨거워진다. 체온이 올라가는 소리가 내 가슴에서 들린다. 35도, 35.3도, 35.5도…… 그녀가 나를 본다. 35.7도, 36도…… 그녀가 그 녀석을 안고 내 쪽으로 걸어온다. 내가 가련해 보이는지 슬며시 웃음 짓는다. 36.1도…… 36.2도…… 36.3도……

어른의 눈, 젊은 정신

정호웅(문학평론가 · 홍익대 국어교육과 교수)

가을바람을 타고 온 한 소식

부산 바닷바람 속에서 무르익어 스스로 한 세계를 이룬, 변방에 숨은 문학이 한 소식을 알려왔다. 여덟 편의 깔밋한 단편을 엮은 『몸의 소리들』이다. 작가 약력에는 이미 2011년 첫 소설집 『리브 앤 다이』(문학사상사)를 냈다고 적혀 있다. 2008년, 단편 「리브 앤 다이」로 등단한 지 불과 3년 만이다. 그리고 또 3년 만에 신작 소설집을 낸다. 전업 작가도 하기 어려운 일인데, 병원을 운영하는 치과 의사라니 대단한 창작 의욕이고 생산력이 아닐 수 없다.

첫 소설집인 『리브 앤 다이』는 저자가 육순을 맞아 낸 책이다. 책 말미의 '작가의 말'에서 작가는 "한 작품, 한 작품 태어날 때마다 나를 조금씩 알아가는 듯하다. 이제야 세상이 안팎으로 어렴풋이 보이기 시작한다"(271쪽)고 적었다. 작가는 『리브 앤 다이』에서, 다시 새로운 인생을 시작하는 출발점인 회갑년에 선 성숙한 어른의 눈으로 자신을 비롯한 인간과 이 세상의 안팎을 성찰했다. 『리브 앤 다이』는 젊은 작가는 미칠 수 없는 어른의 세계를 독자들에게 펼쳐 보였다.

그리고 다시 두번째 소설집 『몸의 소리들』이다. 마찬가지로 어른의 세계인 것은 물론이다. 어른의 세계인만큼 무언가 의미 있는 것을 설정해두고 치닫는 낭만적 열정, 옆도 뒤도 살피지 않고 앞만 보고 내달리는 맹목에 가까운 기백, 그런 열정과 기백을 낳는 바탕인 선/악 · 미/추 · 진실/허위와 같은 이분법적 인식틀 등 대부분의 베스트셀러 소설을 베스트셀러이게 만드는, 대중을 끌어당기는 요소는 찾을 수 없다. 허택은 그런 것들로부터 등 돌리고 인간과 인간의 삶 그리고 세계의 안쪽을 파고드는 탐구와 성찰의 세계를 일구었다.

허택 소설에서 우리는 나이 든 작가의 소설에서 일쑤 발견되는, 독자를 내려다보고 가르치려는 계몽의 태도를 볼 수 없는데 이 점 또한 작가의 남다른 면모로 보인다. 그는 대상의 진실을 탐구하여 그릴 뿐이지, 자신의 윤리관이나 세계관 등을 딛고 서서 독자를 가르치고자 하지 않는다. 허택은 세월을 따라 너무나 쉽게 계몽자의 자리로 옮겨 앉는 작가와는 다르다. 이 점에서 그는 젊은 정신의 작가이다.

욕망의 두 얼굴

허택의 소설에는 인간을 지배하는 욕망의 여러 얼굴이 그려져 있다. 그 욕망은 몇 경우를 제외하고는 어둡고 파괴적이다.「텅 빈 입안」이 대표적이다.

'김효연'이라는 이름의 한 여인이 있다. 마흔여덟 살 한창 나이의 중년인데 입안이 텅 빈 괴물이 되어버렸다. 예뻐지고자 하는, 다른 사람들의 눈에 예쁘게 보이고자 하는 욕망 때문이다. 그녀는 그 욕망에 이끌려 생니를 뽑았고 양악 수술을 받았다. 양악 수술의 심각한 후유증 탓에 또 몇 개의 이를 잃었는데 이번에는 당뇨가 덮쳐 하나둘 남은 이를 앗아갔다. 그리고 마침내 그녀는 모든 이를 잃고 괴물이 되었다. 이제 그녀 자신조차 거울에 비친 얼굴에서 '김효연'을 볼 수가 없다. 그녀는 엄연히 살아 있는 '김효연'이지만 동시에 자신을 잃어버려 '김효연'이 아니기도 한 존재가 되었다. 그녀는 병원 중환자실에 식물인간이 되어 누워 있는, "링거 줄에 대롱대롱 매달려 있을" 아버지를, 그런 얼굴을 하고는 만날 수 없다.

처음 그녀는 욕망의 주인이었을 것이다. 그러나 욕망에 갇힘으로써 그녀는 주인의 자리에서 한순간 노예의 자리로 떨어지고 말았다. 이제 욕망이 주인이 되어 그녀를 철두철미 지배하게 된 것이다. 이가 다 빠져 텅 빈 입안, 그런 모습으로 죽어가는 아버지를 만날 수 없기에 갈팡질팡 헤매는 주인공의 울부짖음은 인간을 노예로 부리는 욕망의 무서운 파괴성을 섬뜩하게 드러낸다.

「텅 빈 입안」의 주인공을 지배한 것은 예뻐지고 싶은, 예뻐져서 남들로부터 인정받고 싶은 욕망이었다. 다른 욕망의 파괴성을 다룬 작품들도 있는데, 「몸의 소리들」과 「퍼플 카드」가 그것들이다.

이번 소설집의 표제작이기도 한 「몸의 소리들」은 사람의 몸이 내는 여러 소리를 다룬 작품이다. 쌩쌩, 헉헉, 후유, 쩽쩽 등의 소리인데 이 가운데 중심에 자리한 것은 '쩽쩽'이다.

그때 그녀의 웃음 속에서 쩽쩽 소리가 들렸다. 잠깐 귓가를 스쳤지만 또렷하게 귓속으로 들어와 박혔다. 내 몸에서만 들리는 줄 알았다. 그녀의 몸에서도 쩽쩽 소리가 나는구나. 이제 기억이 가물가물 난다. 박진우의 몸에서도 들은 듯하다. 아내가 미국으로 떠나기 전날 밤에도 들은 듯하다.(48쪽)

'쨍쨍'은 핏줄의 인륜도, 오랜 친구 사이의 우정도, 마땅히 지켜야 할 약속도, 소중히 여겨야 할 배려의 마음도 저버리게 하는 이기의 욕망이 내는 소리이고 그것을 상징하는 기호이다. 주인공을 비롯한 등장인물 모두가 숨쉴 때마다 쨍쨍 소리가 울리니 「몸의 소리들」은 이 소리로 가득 찬 아수라 지옥과도 같다. 인간이란, 인간관계란, 인간들이 모여 사는 이 세상이란 대체로 이와 같다는 것을 보여주는 지옥도.

「퍼플 카드」는 복수의 욕망이 얼마나 무서운지를 보여주는 작품이다. 차마 눈뜨고 마주할 수 없는 다음 장면을 보라.

8년 전 광경과 똑같다. 그날은 우리가 울고 있었다. 30여 평 2층 단독주택이었다. 할머니는 현관에 쓰러질 듯 신발장에 기대 있었다. 5분씩이나 늦다니! 계속 노래 불러라! 불러! 숙이 아버지는 능글맞게 웃으며 옥박질렀다. 숙이 할머니는 옆에서 깔깔거리며 웃었다. 오늘 일숫돈 곱빼기 되는 거 알고 있제? (…) 그들은 우리의 고통을 즐기고 있었다. 안 돼! 넌 부르지 마! 숙이 아버지는 저승사자처럼 우리 앞을 오락가락했다. 막내 고모가 급전이 필요해서 빌린 3백만 원 때문이었다. 이자는 우리의 목숨이 간당거릴 정도로 무섭게 불어났다. 사채업자보다 더 잔인했다. 할머니는 목이 찢어질 정도로 노래를 부르고 또 불렀다. 무슨 노래를 부르는지도 모른 채 눈물이 범벅된 신음만 토해냈다. 내가 아무

리 열심히 일해도 할머니가 노래 부르는 걸 그만두게 할 순 없었다.(157~158쪽)

숙이 할머니는 서술자의 할머니와 내외종간이다. 사촌이니 참으로 가까운 사이, 그런데도 이처럼 잔인하다. 무엇 때문에 이토록 잔인하게 구는지 소설에는 나와 있지 않지만 작품의 전체 내용으로 미루어 복수의 욕망 때문일 가능성이 크다. 8년 뒤 가해자와 피해자가 뒤바뀌었을 뿐 위의 인용과 똑같은 일이 벌어졌다. 복수의 욕망이 서술자와 서술자의 할머니를 이끌어 예전의 가해자를 가해하는 것이다.

복수의 욕망은 인륜을 돌보지 않게 만들고, 저토록 잔인한 짓을 서슴지 않도록 한다. 타자를 짓밟아 파괴하는 무서운 욕망인 것인데, 이러한 욕망이 파괴하는 것은 타자뿐만이 아니다. 욕망의 주체도 함께 파괴하는 것은 자명하다. 소설에서는 할머니가 '메두사'로 변한다는 표현으로 이를 드러냈다.

욕망에 갇혀 타자뿐만 아니라 스스로를 파괴하는 인물들의 안팎을 세세하게 살펴 그리는 작가의 붓길에 이같은 욕망에 대한 부정의식, 욕망에 들린 사람들에 대한 비판의식이 깃들어 있음은 물론이다. 그러나 이것만은 아니다. 그 부정의식과 비판의식 옆에는 어두운 욕망에 갇혀 욕망의 노예가 된 사람들을 연민하는 마음이 자리하고 있다.

예컨대 「텅 빈 입안」의 주인공을 예뻐지고 싶은 욕망, 예쁘다고 남에게 인정받고 싶은 욕망에 가둔 것은 예쁘지 않다는 이유로 그녀를 하대하고 소외시킨 바로 지금의 한국 사회다. 그녀는 예쁘지 않은 외모 때문에 인격체로 인정받지 못했고 제대로 대접받지 못했다. 어두운 뒷길을 고개 숙이고 걸어온 그녀의 평생은 외롭고 가난하고 남루했다. 그 외로움이, 가난과 남루가 그녀를 내몰아 저 파괴적인 욕망 속에 가두었던 것인데, 작가는 이런 사실을 강조함으로써 그녀를 연민하는 마음을 넌지시 보여준다.

어두운 욕망에 들려 그 욕망의 노예가 됨으로써 타자뿐만 아니라 자신까지 파괴하는 인물들을 통해 욕망의 파괴성을 문제 삼는 작품들의 맞은편에 무기력과 불모의 늪에 가라앉은 것을 들어올리고 갇힌 것을 열어 활기차게 움직이게 하며 새로운 생명을 낳게 이끄는 밝은 욕망의 생생력(生生力)을 다룬 작품들이 놓여 있어 이 소설집에 균형감을 부여한다. 「까치발구두를 신은 할머니」, 「화씨 97.7도」가 이에 해당한다.

까치발구두는 킬힐의 순화어이다. 굽 높이 10센티미터를 넘는, 보기에도 위태로운 구두를 즐겨 신는 할머니가 「까치발구두를 신은 할머니」의 주인공이다. 젊은 처자는 물론이고, 남편과 사별하고 외롭게 살고 있는 여성, 심지어는 다 늙은 할머니까지도 까치발구두를 신어야 한다는 게 이 할머니의 굳은 믿음이다. 까치발구두를 신으면 가슴은 나오게 되고 궁둥이는 '보름달처럼 환하게 올라'가게 되며 "무게중심이 쏠린 허벅지는 도드라지게 앞으로 나오고 배는 들어가"게 되어 이른바 여성성이 극대화된다는 것, 그리고 무엇보다도 남자의 성을 도발하는 '페로몬 냄새'를 풍기게 된다는 것이 그런 믿음의 근거이다. 페미니스트들은 틀림없이 여기서 여성을 성적 대상으로 인식하는 남근주의적 사고를 읽고 얼굴을 찡그릴 것이다. 그러나 작품을 자세히 읽으면 할머니의 그런 믿음이 남근주의적 사고와는 멀리 떨어져 있는 것임을 알게 된다.

에미야, 나는 멀쩡하겠냐? 너처럼 속이 새까맣게 타들어가지. 너무 애통하단다. 마음속으로 눈물만 흘리고 있었단다. 그런데 허무 끝에서 저 빨간 구두를 봤지. 그때 다시 빨간 구두를 신어야겠다는 소망이 생긴 거야. 그 소망은 죽은 아들놈 같은 착한 애들이 이 세상에 많이 태어나야 한다는 거야. 엄마는 흐느끼면서 까치발구두를 억지로 건네받았다.(17쪽)

할머니가 혼자된 며느리에게 하는 말이다. 아들이 젊어서 죽는 바람에 지극한 슬픔, 세상사 모든 것이 무의미하게 보이는 허무의 늪에 빠졌던 자신을 건져 올려 생의 의욕을 다시 갖게 만든 것은 "애들이 이 세상에 많이 태어나야 한다는" 바람이었다. 까치발구두 위에 올라 진한 페로몬 냄새를 풍기며 남성을 유인하는 여성은, 남성을 만족시키기 위해 존재하는 성적 대상이 아니라 남성과 함께 새 생명을 낳는 생산의 주체라는 생각이 여기에는 들어 있다.

「화씨 97.7도」도 밝은 욕망의 생생력을 다룬 작품이다. 어머니의 품속에 얼굴을 묻었을 때, 동질의 상처를 지닌 사람끼리 교감하며 그 상처에서 생긴 슬픔과 고통을 함께 나눌 때, 사랑하는 사람과 원만하게 어울릴 때 체온은 섭씨 36.5도, 화씨로는 97.7도 언저리의 정상을 유지한다. 그러나 스트레스나 분노에 짓눌려 마음의 안정을 잃거나 몸에 문제가 생겨 면역력이 떨어지면 체온은 높아지거나 낮아진다. 그러면 불행의 느낌이 마음을 점령하고 온갖 병이 생긴다. 당연하게도 정상 체온을 유지하는 것이 중요하다. 이 작품은 체온의 이같은 속성을 가운데 놓고, '만남-헤어짐-다시 만남'으로 이어지는 두 남녀의 관계를 통해 사랑하는 사람과 하나가 되고자 하는 욕망이 생명의 활기를 길어올리는 힘을 지니고 있다는 것을 보여준다.

죽음 언저리

이 책에 실린 여덟 편의 소설에는 하나의 예외도 없이 육친이나 친구 등 가까운 사람의 죽음이 등장한다. 그 죽음들은 죽음 그 자체가 아니라, 그것을 통해 다른 것을 말하기 위해 설정된 매개물이다. 예를 들면 「까치발구두를 신은 할머니」속 젊은 아들의 죽음은 그 죽음의 충격에서 벗어나 새로운 생명을 생산하는 일이 중요하다는 것을 말하기 위해, 「몸의 소리들」속 어머니의 죽음은 '쨍쨍'이라는 음성 기호에 담긴 상징 의미를 부각하기 위해 설정된 것들이다. 「하루의 법칙」도 이 측면에서 읽을 수 있다.

대학을 함께 다닌 네 남자가 있다. '마로니에 독서 동아리'를 함께한 친구들이다. 소설 내용으로 미루어 지금은 아마도 40대 후반인 듯한데, 한 사람은 은행원으로 일하다 퇴직했고 나머지 세 사람은 치과 의사, 인테리어 사업가, 보험설계사이다. 네 사람은 불면증을 비롯한 이런저런 몸의 이상 증세에 시달리며 저마다 힘겨운 장년의 고갯길을 넘어가고 있다. 그런데 전직 은행원이 갑자기 죽었다. 죽기 몇 년 전부터 그는 매일같이 정해진 시간에 나머지 세 친구에게 전화를 걸어 안부를 묻기도 하고, 그들 세 친구 모두 마음에 두었으나 사랑을 얻는 데에는 실패한 젊은 날 구원의 여성 민희의 소식을 전하기도 했다. 매일같이 정해진 시간에 걸려온 전화, 그래서 '하루의 법칙'이다. 법칙인 만큼 그것은 지켜질 때 가장 편안하다. 폐결핵과 대장암으로 죽음의 문턱 바로 앞에까지 온 한 친구는 정해진 시간에 전화가 울리면 지독한 암의 통증까지 가신다고 할 정도로 그들은 '하루의 법칙'이 어김없이 실현되는 시공간 안에서 편안했다. 그런데 '하루의 법칙'을 주재하던 그가 문득 그들 곁을 떠났으니 모두가 혼란에 빠져 어쩔 줄을 모르게 되었다.

그런 그들 앞에 고인의 아들이 나타나고 고인이 남긴 일기장의 내용이 알려지면서 고인이 주재한 '하루의 법칙'이 실체를 드러내게 된다. 아들의 말에 의하면 그는 "스스로 자학과 죄의식에 갇혀 매일 살을 도려내는 생지옥에서 살"았다는 것, "그날그날 일기를 끝낼 때마다 우선 저에게 미안하다고, 그다음엔 제 어머니에게 미안하다고, 마지막으론 세 분께 미안하다고 적어놨"다는 것, 그리고 그는 "하루를 세 분에게 전화하는 것으로 겨우 지탱했"는데 그것은 "자학의 방법"이었다는 것, 그가 전화로 전한 민회 소식은 꾸며낸 거짓이라는 것 등이다. 이런저런 이유로 아들을 제대로 돌보지 못했으니 아들에게 미안해하는 것은 당연하지만 나머지는 왜 그랬는지 선명하지 않다. 건너뛰고 만 것인데 작가는 조금 서둘렀던 듯하다. 중요한 것은 다른 지점에 숨어 있는데, 이 소설이 그의 죽음을 통해 말하고자 했던 핵심은 다음 대목에 있다는 게 내 독후감이다.

젊은이는 두 사람 봄날의 사생아였다. 그것도 그녀의 동정심 때문에 생긴. 태준이와 함께 있었던 그 봄날, 그녀는 백설공주였을 것이다. 그녀의 눈에 태준이는 난쟁이로 보였겠지. 그리고 태준이의 눈물 어린 짝사랑 고백에 동정심이 생겼겠지. 일기장에 짝사랑을 고백했던 날짜와 장소는 '대학교 4학년, 5월, 범어사 길'이라고 적혀 있단다. 그녀는 너그럽게 막걸리를 권했고, 백설공주인 채 태준이의 짝사랑을 한번쯤 보듬어주고 싶었겠지. 자신은 공주니까 불쌍한 난쟁이를 한번쯤 안아줘도 괜찮다고 여겼을 거야. 봄날을 술로 느끼면서. 하지만 그녀는 백설공주로 계속 있고 싶었을 거야. 그리고 태준이는 여전히 난쟁이로만 보였을 거고.(194~195쪽)

고인이 '백설공주' 민희의 이런 심리를 알고 있었는지 분명하지는 않지만 그랬으리라고 보는 것이 타당하지 싶다. 그가 남긴 일기에 그녀의 이런 심리와 관련된 생각이 잘 드러나 있었으므로 아들과 친구인 서술자가 이처럼 논리적으로 그들의 사연을 재구성할 수 있었다고 보아야 하기 때문이다.

백설공주가 난쟁이 대하듯 그녀가 그의 순정을 저토록 모욕했다면 그가 받은 상처는 얼마나 크고 깊었겠는가? 절대로 치유될 수 없을 정도로 크고 깊은 상처. 소설의 내용으로 미루어, 그녀는 끝내 그의 사랑을 받아들이지 않은 것으로 보이는데 그렇다면 그 상처는 그의 생애 내내 계속해서 커지고 깊어졌을 가능성이 높다. 이에 그의 몸과 마음을 망가뜨리고 마침내는 비명에 죽게 만든 근본 요인은 이 상처였을 것이란 생각이 타당성을 확보한다. 단지 암시에 그치는 내용이 많아 나로서는 그 암시의 실마리를 잡고 추측에 추측을 거듭하여 간신히 여기에 이르렀다. '백설공주와 난쟁이'의 관계에 대해 작가는 좀더 파고들었어야 하지 않을까? 아쉽다. 독자를 너무 괴롭히는 게 아닌가? 항의하고 싶은 생각이 불쑥 솟구칠 정도이다.

「자살 유희」는 상처의 고통과 소멸의 두려움이 얼마나 크고 무서운가를 죽음을 매개로 다룬 소설이다. 유명 대학의 인문대 학장이 중심인물인데 청담동의 한 고급 바에서 만난 젊은 여성에게 빠져들었다. 그의 생애를 되짚어 거슬러 오르면 젊은 조교와 도망친 아내의 배신, 일본 여행길 딸의 죽음, 아버지를 홀로 남겨두고 외국으로 떠나버린 아들의 불효 등에서 생긴 상처의 구멍들이 입을 벌리고 시뻘건 피를 흘리고 있는 것이 보인다. 그리고 치명적인 병 폐암에 덜미 잡히고 말았으니 바로 발아래 소멸의 심연이 넘실거린다. 그 상처들의 고통이, 그 심연의 두려움이 그를 떠밀어 그녀에게 빠져들게 한 것이다.

그의 열린 눈동자 속에 점점 정체를 알 수 있는 그림자가 스며든다. 봄 햇살이 그의 헐떡거리는 목젖을 따라 너울거린다. 도와줘. 부탁이야. 사정 후에 깨어나지 않더라도 가만있어줘. 제발 깨우지 말아줘. 나를 안고만 있어줘. 마지막 행복을 부탁할게.(114~115쪽)

그는 정량을 크게 넘는 비아그라를 복용하고 성의 열락 속으로 걸어 들어갔고 마침내는 죽음의 문턱에 이르렀다. 한 발만 더 디디면 바로 죽음이지만 그는 그녀의 품속을 벗어나지 않겠다고 다짐하고, "제발 깨우지 말아줘. 나를 안고만 있어줘"라고 애원한다. 그녀의 품에 안겨 있을 수 있다면 죽어도 상관없다는 것인데, 상처와 두려움에서 비롯된, 그리고 그것들로부터 벗어나고자 하는 열망이 빚어낸 병적인 집착의 심리이다. 작가는 '자살 유희'라 하여 주인공의 행동에 '놀이'라는 성격을 부여한다. 그러나 상처와 두려움의 소산이면서 그것들로부터 탈출하고자 하는 간절한 바람의 산물인 이 처절한 몸부림을 놀이라 할 수는 없으니 '유희'는 반어적 표현이라 보아야 할 것이다.

창작방법의 힘

여기 실린 소설은 하나같이 정통 사실주의 소설의 문법에서 벗어나 있는데 기존의 관습에 갇히지 않고 새로운 것을 만들어내고자 하는 젊은 작가의식의 반영일 터이다. 허택의 소설은 실재하는 현실과 작가가 만들어낸 인공의 현실을 동시에 껴안고 있는 이중성의 세계를 보여준다. 이 점에서 허택의 소설은 현실적이면서도 비현실적이다. 다르게 말한다면, 비현실을 품고 있는 현실의 세계라 할 수도 있다. 새로운 것의 창조를 문제 삼는 지금 우리의 문맥에서 중요한 것은 당연히 '작가가 만들어낸 인공의 현실'이다. 예를 들어 「까치발구두를 신은 할머니」의 경우, 혼자된 며느리와 노처녀 손녀에게 까치발구두를 강요하고 월경 서답을 이용하여 손녀와 친한 청년의 욕망을 유발하고자 하는 주인공의 행위, 페로몬 향과 관련된 인물들 및 서술자의 말과 생각 등은 작가가 만들어낸 인공의 현실이다. 작가는 이 인공의 현실을 통해 남녀가 결합하여 새로운 생명을 생산하는 것이 자연스러우며 소중한 일이라는 이 작품의 주제를 드러내고자 하였으니, 여기에서는 인공의 현실이 실재하는 현실보다 더 중요한 의미를 갖는다.

사람의 몸이 내는 여러 가지 소리로 인물의 삶과 그 속에 깃든 욕망들을 나타내는 것(「몸의 소리들」), 체온을 통해 두 남녀의 관계와 인물들의 심리 및 몸의 상태를 나타내는 것(「화씨 97.7도」) 등도 작가가 만들어낸 인공의 현실이다. 허택은 이처럼 인공의 현실을 이용하여 작품을 구성하고 주제를 구현하는 창작방법을 실험함으로써 개성적인 세계를 열었다.

「올가미」는 이같은 창작방법론을 극단까지 밀고 나간 작품이다. 작가는 죽음의 집행자를 서술자로 설정하여 그가 보고 생각한 것을 엮어 짜놓았다. 사람의 관점에서 죽음을 바라보는 소설은 많지만 이를 뒤집어 죽음의 집행자라는 상상적 존재의 관점에서 인간의 삶을 바라보는 작품은 우리 문학사에서는 처음이다.

그렇다면 이 소설의 서술자인 죽음의 집행자가 바라본 인간의 삶은 어떤가. 중요한 몇 가지를 정리하면 이렇다. 먼저 인간의 삶은 죽음과의 동행이다. 언제 죽음에 덜미 잡힐지 알수 없는 위태로운 벼랑길 걷기가 인간의 삶이다. 가까운 주변사람의 죽음도 수시로 만나게 되니 인간의 삶은 죽음의 기운에 에워싸여 있다고 해도 좋을 지경이다. 그러나 인간의 삶에는 죽음의 집행자의 마음을 울려 올가미 던지기를 망설이게 하고 때로는 잊어버리게 만드는 아름다운 것들도 있다. 엄마의 배 속에 안착하여 움직이기 시작한 생명체의 '실낱같은 첫 마음 소리', 갓 태어난 아기의 '햇살에 보송보송 빛'나는 '뽀얀 살결' 같은 것들이다.

「올가미」는 죽음의 집행자라는 상상적 존재의 관점에서 본 인간의 삶, 그러니까 인공의 현실을 통해 인간과 죽음의 관계를 대단히 효과적으로 드러낼 수 있었다. 창작방법의 힘을 새삼 확인하게 된다.

허택의 두번째 소설집 『몸의 소리들』은 젊은 정신이 내연하고 있는 어른의 세계를 보여준다. 젊은 정신과 어른의 눈을 함께 갖추었으니 계속해서 앞으로 나아갈 수 있을 것이다. 이와 관련하여, 이 소설집을 먼저 읽은 독자로서 말하고 싶은 게 하나 있다. 더 나아가기 위해서는, 굳이 필요하지 않은 것은 작품 안에 들이지 않는 '엄격한 통제'의 태도를 갖추어야 하지 않을까? 모든 글쓰기와 예술 창작의 기본인, 불필요한 것은 들이지 않고 군더더기는 과감하게 잘라내는 장인의 태도 말이다.

첫 창작집 출간 후 3년여, 그리고 60대 초로의 인생. 자신 있으리라 믿었던 소설 창작이 더욱 암담하게 느껴졌다. 우치 (愚癡)에 대해 부끄러웠다. 배움에 대한 게으름에 더욱 부끄러 웠다. 소설의 마음이 무한히 오묘하다는 것을 깨달았다. 소설 의 도(道)가 고행의 도(道)임을 깨달았다. 더욱 겸손해지고 낮 아져야 하는데, 결코 쉽지 않음을 깨달았다. 아직도 탐욕과 진에(瞋恚)로 괴로워하는 자신을 느꼈다. 고민과 갈등이 겹쳐 졌다. 세월의 빠름이 두려웠다. 절필하고 싶었다.

그러나 스스로 창작 작업을 겨우 지탱할 수 있었던 것은 윤 후명 선생님의 충언 때문이다. "손이 움직일 수 있을 때까지 소설에 대한 열정을 식히지 말고 꾸준히 쓸 것. 그것만이 소 설가의 자존감을 지킬 수 있게 한다." 즉 끝까지 버텨야 한다 는 것이다.

버틴다는 것. 자학적인 인내가 필요했다. 한 작품, 한 작품 초심으로 돌아가서 겨우 만들어나갔다. 육체와 정신의 합체 를 생리학적으로 소설 속에 형상화하면서, 두번째 소설집이

고령화 시대에 작은 버팀목이라도 되길 바라면서.

　작품집 출산은 공동 작업의 산물이다. 해설을 써주신 정호웅 교수님과 강출판사에 진심으로 감사드린다. 그동안 독회를 함께한 문우들의 조언에도 감사의 마음을 전한다. 세세하게 나를 도와주는 주변 분들에게 감사의 말씀을 드린다. 함께 동고동락하는 가족들, 친구들 모두에게 사랑을 전하면서.

　아내의 60세 생일 선물로 바치는 바이다.

2014년 9월

허택

수록 작품 발표 지면

까치발구두를 신은 할머니 _ 『좋은소설』 2014년 가을호

몸의 소리들 _ 『좋은소설』 2013년 여름호

올가미 _ 『문학나무』 2013년 겨울호

자살 유희 _ 『치인문학』 2013년호

텅 빈 입안 _ 무크지 『도요』 2012년호

퍼플 카드 _ 『작가와 사회』 2012년 가을호

하루의 법칙 _ 『문학사상』 2013년 11월호

화씨 97.7도 _ 『학산문학』 2014년 가을호